启航 2019

安徽省海军青少年航空学校建设纪实

张扬 著

时代出版传媒股份有限公司
安徽教育出版社

图书在版编目（CIP）数据

启航 2019：安徽省海军青少年航空学校建设纪实 / 张扬著. -- 合肥：安徽教育出版社，2025.4. -- ISBN 978-7-5748-0634-4

Ⅰ.I25

中国国家版本馆 CIP 数据核字第 2025268WC8 号

启航 2019：安徽省海军青少年航空学校建设纪实

QIHANG 2019：ANHUI SHENG HAIJUN QING-SHAONIAN HANGKONG XUEXIAO JIANSHE JISHI

出 版 人：王能玉
策划编辑：文　乾
责任编辑：文　乾　赵佩娟
装帧设计：许海波
责任印制：陈善军

出版发行：安徽教育出版社
地　　址：合肥市经开区繁华大道西路 398 号　邮编：230601
网　　址：http://www.ahep.com.cn
营销电话：(0551)63683012，63683013
排　　版：安徽时代华印出版服务有限责任公司
印　　刷：安徽新华印刷股份有限公司

开　　本：880 mm×1230 mm　1/32
印　　张：6.75
字　　数：110 千字
版　　次：2025 年 4 月第 1 版
印　　次：2025 年 4 月第 1 次印刷
定　　价：58.00 元

（如发现印装质量问题，影响阅读，请与本社营销部联系调换）

戴 瑞

中国书法家协会会员,安徽文学艺术院院长,
安徽省书法家协会副主席,安徽省青年书法家协会主席。

2019年9月3日,安徽省海军青少年航空学校揭牌仪式在合肥市第十中学举行

首届海军航空实验班(海航1901班)入学暑期训练

海航 1901 班学生座谈会

海航 1901 班班主任马晓梅在课堂上

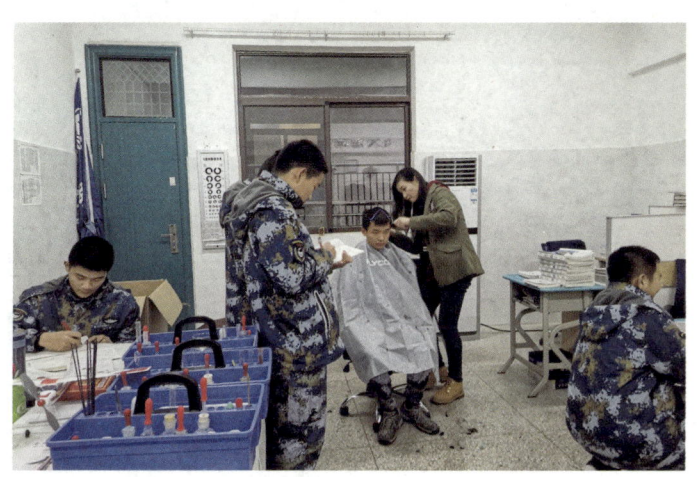

马晓梅为学生理发

滚轮训练

悬梯训练

游泳课

参观渡江战役纪念馆合影

德育班班长、中队长交流会

整洁的教室

参加筛选飞行的学员

筛选飞行

2022年7月21日,海军在合肥市第十中学举行招飞录取通知书发放仪式

目录
MULU

楔　子　　003

一　别后重逢　015

二　何以申办　024

三　外出取经　035

四　百般纠结　040

五　如同撒网　059

六　初为学员　079

七　创新之举　096

八　一天之内　112

九	"笔聊"聊啥	120	十三	分流之痛	148
十	张弛有道	125	十四	思想淬炼	163
十一	理发之事	137	十五	嬗变之道	172
十二	筛选飞行	141	十六	飞向远方	189

后　记　　199

楔　子

　　2019年暑假的一天,一个瘦削的身影出现在巢湖岸边。她就是素来喜欢亲近山水、热爱思考的马晓梅。作为一名中学教师,马晓梅平时忙于教学工作,鲜有时间到巢湖边观景。此刻,她走走停停,似有心事。

　　湛蓝色的天空仿佛成了巢湖的拱形帐篷,白色的云团非要冲破这无形的藩篱,从林立的建筑顶上缓缓飘过。由湖面吹来的风发出呼啦啦的声音,捎带着热烘烘的气息。马晓梅停下了脚步,凝视着面前的湖水。此时,湖面上闪动着大片金色与银色的光芒,像是湖底潜藏了许多奇珍异宝,这会儿透出了珠光宝气。不远处,一群鸟儿低低地盘旋,仿若操练着某种队形。它们配合默契,不时地发出欢快且清脆的鸣叫。忽而,它们如战机一样飞向高空,在空中平飞了一会儿,又快速变换队形,开始下一组动作。但见领头的鸟儿急速俯冲,其他的鸟儿紧随其后,做着同样的动作。一只只飞鸟快要抵近水面时,纷纷伸出两足,先前张开的翅膀至此开始收拢,而后,稳稳地落在水面。那一刻,马晓梅似乎觉得自己就是其中的一员,在天空飞出漂亮的弧线,然后

自由地在水面嬉戏。

云团中仿佛有一股神秘的力量,那群鸟儿似乎也受到了召唤,从天上到水面,飞起与落下,都透着不可捉摸的意味。马晓梅将视线从云团与鸟群收了回来。夏日的巢湖是充满生机的,从早到晚,无论是湖面还是湖岸,都呈现出热闹的景象。环巢湖大道上,车水马龙,沿岸不乏停车观鸟的人群,也有拍婚纱照的情侣、闲庭信步的游客。浅水滩涂处,一株株柳树弯着腰身,细长的芦苇随风摇摆,簇簇红蓼饱吸着养分野蛮生长。它们陪伴着涨落的湖水,成为湖景的点缀,近似画家涂抹的闲笔。自己究竟是看风景的人,还是暂时与湖景融为一体,成为湖景的一部分,马晓梅一时恍惚。风撩起她的长发,又掠过高低错落的绿植。时有游客从其身旁经过,马晓梅偶尔瞄几眼,就将目光投向更远的地方。湖天之间,空蒙一片,隐现的是亘古以来的阔大与深沉,不独是马晓梅,往来的游人都身在其中。

一千个人眼中就有一千种湖。诗人说,湖是上苍遗落人间的蓝宝石,是大地的眼睛,天然具有诗意与抒情性。而巢湖更有地理上的独特性与历史上的复杂性,多年前曾有"端起巢湖当水瓢"的说法。虽然这不过是一种比较夸张的比拟,但凸显了人的豪气。一念至此,马晓梅禁不住笑了笑。

巢湖像一个硕大无比的容器，容纳了来自天上与地面的水。天地不言不语，河流纵横奔袭。汇入巢湖的30多条大小河流，似树根根系，呈辐射状。巢湖的出湖之水，经裕溪口，汇入长江，江水滔滔东流，终归蓝色大海。人们常说合肥通江达海，个中原因，正是与此处地理相关。如今，得益于引江济淮工程，巢湖水质变得更好了。

马晓梅至今记得，巢湖划归合肥曾轰动一时。2011年8月，中国五大淡水湖之一的巢湖，其八百里水域全部归辖于合肥。从此，巢湖成为合肥的内湖。繁华的都市与烟波浩渺的大湖连接在了一起。其实，合肥与巢湖一直有着千丝万缕的关系。南淝河与杭埠河、白石天河是巢湖水系的主要河流。淝水相合之处，始有合肥，对此司马迁、郦道元等早有记录。一湖之水，沟通着城中的河流乃至街道、烟火。旧迹胜景，氤氲着袅袅水汽。

湖水不知疲倦地拍打着湖堤，一朵浪花消失了，又一朵浪花飞起，风浪相击的声音有如古老的歌谣，在马晓梅的耳畔久久回旋着。马晓梅向来喜欢从哲学角度思考问题。这一刻，她想到老子所说的"上善若水"，想到水所蕴含的丰富哲理：水滋润着万物而不与万物争高下，有着以柔克刚的强大力量。湖水在风平浪静时尽显温柔之状；大浪涌起时则势如猛

兽，令人胆战心惊。

一方水土养一方人。环巢湖地区频出政治人物与军事人才，如楚汉相争时期的范增、英布，东吴名将周瑜，明初的俞廷玉、俞通海父子和廖永安、廖永忠兄弟，晚清的一批淮军将领，以及"巢湖三杰"冯玉祥、张治中、李克农等。

风光旖旎的巢湖，曾是兵家必争之地。因为湖中有岛，加之水域宽广、往来便利，历史上多有水军在此聚集、训练，水战也时有上演。春秋战国时期，巢湖沿岸爆发了吴楚鹊岸之战、巢城之战等战役。三国时期，曹魏与东吴在此进行拉锯战，东吴凭借地利或守或攻，而曹操"四越巢湖不成"。元末，在巢湖中庙、姥山岛一带水域出没的，正是俞廷玉、俞通海父子以及廖永安、廖永忠兄弟率领的巢湖水师。这支水师作战骁勇，协助朱元璋打败了元朝水师，扫除了江南各方势力，为建立大明王朝立下汗马功劳。

一时烈焰腾腾，一时烽烟散去，充满传奇的风云人物、浸染血色的大小水战，让这里的历史变得厚重。临湖而思，原本心神不定的马晓梅，此刻整个人变得松弛且平静。似乎有一种力量牵引着她，让她作出某种选择。随着思考的深入，她分明感到这样的选择与历史、与当下都有关联。生活在当下的每一个人，不都处在历史的进程中吗？马晓梅愈发觉得，身处于一个急速变化的时代，作为个体，可以身体力行地做一些具体的有意义的事，哪怕微不足道，也要像一滴水一样折射出光芒，融在浩荡的大潮之中。

几天后，马晓梅做了从教生涯中的一个重要决定，那就是接受新的工作安排，担任合肥市第十中学（简称合肥十中）首届海军航空实验班（简称海航班）班主任。

后来，马晓梅带领这个班的学员来到巢湖之滨，瞻仰坐落于此的渡江战役纪念馆。

渡江战役纪念馆的馆身好似张帆的战舰，欲由巢湖出发，驶向长江。师生挨个观看展厅里的文物，聆听讲解员的讲解。令师生肃然起敬的是，在那段可歌可泣的峥嵘岁月中，无数英勇的战士前仆后继，用青春、鲜血乃至生命撕破黑暗的幕布，争取光明与胜利。

解放战争期间，人民解放军所向披靡、势如破竹。1949年3月底，渡江战役总前委进驻肥东县瑶岗村。厉兵秣马，中路渡江大军在巢湖开展水上练兵与实战演习。渡江战役正式打响后，大军由巢湖进发，取道无为泥汊一线，最先于4月20日夜突破长江天堑……4月23日，伴随着百万大军横渡长江，人民海军宣告成立。4月24日清晨，一艘载着十余人的小船穿行在蒙蒙细雨中，刚上任的中国人民解放军华东军区海军司令员兼政治委员张爱萍就坐在这艘小船上。有人笑称："这大概是世界上规模最小的一支海军了。"

当年那支小小的舰队，如今已发展成威武强大的"海上钢铁长城"。今日的人民海军，更是非往昔可比。

而拥有航空母舰，是几代中国人的梦想。

航空母舰（简称航母），是一种以舰载机为主要战斗装备，并为其提供海上活动基地的大型水面战斗舰艇。以航母为核心的海军作战编队，活跃于远洋大海，是大国海军力量的象征，也成为遏制危机发展、制止战争爆发、控制战争升级的战略重器。在航母建设上，中国实现了从无到有、从改装到国产、从舰载战斗机滑跃起飞到弹射起飞的跨越，令世界一次次为之瞩目。海天之间，中国航母劈波斩浪，舰载机轰鸣翱翔，令人心潮澎湃的一个个瞬间，载入了史册。

2002年3月的一天，已是钢铁空壳的"瓦良格"号航母，被拖船拖拽着越洋过海，冲破重重障碍，历尽千难万险，最终停靠在了中国大连港。锈迹斑斑的"瓦良格"号航母属于6万吨级中型航母，经过中国工程技术人员的改造升级，在加装了很多国产装备后，获得了重生。

中国第一艘航母辽宁舰，正是在"瓦良格"号航母的基础上成功续建而成的。

2012年9月25日，辽宁舰正式入列，西方媒体对此冷嘲热讽。没过多久，这些质疑与唱衰的人就被"打脸"了。辽宁舰入列后不到两个月，人民海军飞行员驾驶着国产歼-15舰载战斗机完成惊天一落，首次成功降落辽宁舰。

收入人教版教材初中语文八年级上册（2017年秋季修订版）的《一着惊海天——目击我国航母舰载战斗机首架次成功着舰》，记述了辽宁舰歼-15舰载机成功着舰的过程：

2012年11月23日上午8时，顶着凛冽的寒风，身着不同颜色马甲的甲板工作人员在战位就位。阻拦索安全观察员手持专业工具，一丝不苟地对阻拦索做最后一次检查。备受外界关注的我国航母舰载战斗机首次着舰进入最关键时刻。

这不是一次普通的飞行。航母舰载战斗机上舰，承载着国人的强军梦想。浩瀚的大海可以做证：为了这一梦想成真，古老的中华民族，已经等了近百年；人民海军官兵，已经期盼了半个多世纪。

人民海军实现了舰载战斗机上舰的历史性突破，这令无数国人为之振奋。值得一提的是，"航母范"火遍了线上线下，人们争相模仿舰载机起飞指挥员的手势动作。一年后的 11 月 26 日上午，辽宁舰从军港解缆起航，首次开展跨海区的长时间航行训练，又一次成为全世界热议的话题。

喜讯一个接着一个，有关中国航母的"名场面"吸引了全世界的目光。

2017 年 4 月 26 日，由中国完全自主设计、自主建造、自主配套的首艘国产航母下水。两年后的 12 月 17 日，这艘国产航母被命名为山东舰，正式交付海军。

2022 年 6 月 17 日，我国第三艘航母福建舰正式下水，这是由中国完全自主设计、建造的首艘弹射型航母。人民海军自此拥有了三艘航母。

对于中国航母乃至世界航母的发展情况，马晓梅与合肥十中首届海航班学员都曾有过学习与探究。"刀尖上的舞者"这一特殊称谓，让他们记忆深刻。众所周知，航母甲板不同于正常的飞机跑道，海洋环境又比较复杂，要在处于运动状态的航母上降落，舰载机飞行员面临的风险之高、难度之大，超乎想象。"刀尖上的舞者"形象地展现了舰载机飞行员在空间极度有限的航母甲板上着舰的高难度与高风险。

英国是世界上最早建造航母的国家。1917年8月2日，英国海军少校欧内斯特·邓宁驾驶"幼犬"战斗机，先是让战斗机与军舰处于同向平行的飞行状态，而后以侧滑着陆的方式，成功降落到航行中的"暴怒"号甲板上。正是这样的一次尝试，开创了战斗机着陆航母之先河。"暴怒"号是世界上第一艘改装而成的航母，配套设施很不完善，战斗机要想顺利着陆其上，难而又难。几天后，邓宁又一次驾驶战斗机勉勉强强完成了降落。在第三次尝试时，他驾驶的战斗机的轮子撞到了航母的甲板，战斗机瞬间翻出航母，直接坠入茫茫大海中。很不幸的是，这位海军少校也随之殉职。

舰载机是航母的核心战斗力。纵观航母百年发展史，舰载机着陆航母的训练一直被视为重中之重，不少舰载机飞行员在着舰训练时付出了生命的代价。

《时代楷模·2021——海军航空大学某基地舰载机飞行教官群体》一书收录的《逐梦海天的"刀尖领舞者"》，记录了舰载机飞行员"向死而生"，用生命为中国航母事业铺路的壮举。这篇文章写道：

2016年4月27日，飞行员张超驾驶歼-15战机进行陆基模拟着舰训练，12时59分11.6秒飞机突发电传故障，危急关头他果断处置，尽最大努力推杆无效，59分

16秒被迫跳伞坠地受重伤,经抢救无效壮烈牺牲。短暂的4.4秒,张超没有选择第一时间自救,而是全力挽救飞机,他牺牲在了成为舰载机飞行员的"最后一个架次"。

烈士张超生前曾说:"谁不怕死呢? 但我们这些人就是时刻准备着要为祖国牺牲的!"信念愈坚定者,直面风险与困难的勇气愈昂扬。 张超牺牲后,更多的"张超"主动请缨,展现出中国军人的大无畏精神,也圆了烈士未圆的航母梦。

"他们是世界上最勇敢、最有情义的一个群体。无情之人,必然不会考虑为他人、为集体、为国家去牺牲自己。"马晓梅对军人有着独到的解读。 她的这一见解,得到了相关部门负责人和同行的广泛认可。

"我们的征途是星辰大海。"对于中国舰载机飞行员来说,这并非虚言。

党的十八大以来,人民海军开启了历史新航程。其中,航母和舰载机部队得到快速发展,海军航空兵从陆基迈向舰载,从近海走向远洋。

随着科技的快速发展与应用,航母不断迭代升级,着舰训练的安全性大幅提升,对舰载机飞行员的要求更为全面、严格,而培养更多高素质舰载机飞行员更显重要。

以往，海军主要从"王牌飞行员"中选拔培养舰载机飞行员。为适应海军转型建设需要，探索选拔、招收海军飞行学员的新模式、新途径，从2015年开始，海军依托全国部分省市优质普通高中，打造一批海军青少年航空学校，组建海军航空实验班，通过军地合作、超前培养、精准高效的培养模式，储备热爱海空、适合飞行、素质全面的精英人才，为海军航空兵战斗力建设发展提供有力支撑。

目前，海军舰载机飞行学员的招收范围已覆盖全国31个省（自治区、直辖市），包括普通高中毕业生、青少年航空学校毕业生、军队院校和地方高校应届毕业生。

蓝色梦想呼唤铁血男儿。迄今，全国已有14所海军青少年航空学校。这些学校不仅扩大了海军舰载机飞行学员的招收范围，也从源头上进一步优化了飞行人才队伍结构，因而被誉为舰载机飞行员的"摇篮"。

全国14所海军青少年航空学校之一、安徽唯一一所海军青少年航空学校——安徽省海军青少年航空学校，落址合肥。合肥十中作为合肥市老牌重点中学，获批成为安徽省海军青少年航空学校建设单位。

因时而生，因地而建。安徽是华东地区的人口大省，也是兵源大省，长期以来为国防和军队建设输送了包括海军飞行员在内的大批优秀人才。省会合肥地处南北水陆要冲，承东启西，是"一带一路"和长江经济带双节点城市、长三角地区重要的中心城市、综合性国家科学中心，被称为"养人的地方""创新的天地"，并且多次被评为全国双拥模范城。

于合肥十中而言，安徽省海军青少年航空学校属于新生事物。从无到有，从有到优，这所学校及其海航班的开设历经了六年时间。在历史的长河中，六年不过是短暂的一瞬，只有亲历的人，才更懂得每一分每一秒的珍贵。合肥十中首届海航班班主任马晓梅至今仍记得往日的一幕幕。

这是一个新生的、充满希望的班级，一出现就非同寻常。合肥十中海航班的一切，尚需从头说起。

一　别后重逢

2023年2月2日，距立春尚有两天，但春天的气息已经潜入土地，凝聚在了树的枝头。合肥十中校园内，一棵棵大树小树此时已然发出新芽，一些嫩草争先恐后地拱出了地面。

这天下午，穿着深色外套的马晓梅走进合肥十中第二会议室。这间会议室位于学校南楼九层。南楼名为求真楼，整幢楼呈"回"字形结构。南楼既有学校多个部门的办公室，也有多门学科的实验室。

室外气温依然较低，透着冷意，但室内气氛轻松而热烈，不时爆发出欢笑声。合肥十中党委书记孙强、校长姜际龙，以及时任合肥十中海航部主任的徐亚飞，均在会议室内。与他们面对面的，是合肥十中首届海航班学员代表，亦即安徽省海军青少年航空学校首届毕业生代表，一共七人。

座位上的首届海航班毕业生代表，每个人都习惯性地将腰板挺得笔直。孙强作了简短的开场白。见几位毕业生如此板正，姜际龙笑了笑，示意他们放轻松些，然后不紧不慢地说道："你们现在都是客人了，今天请你们回来交流，千万不要拘束啊。"听到这话，程风华等人都笑了。

马晓梅落座后，迅速扫视了对面的几位毕业生代表，半年多没见面，他们或多或少都有了变化：程风华愈发沉稳了，何嘉文更挺拔了，杜啸远与杨天翼都变得更加干练，周成林不那么腼腆了……每个人的脸上都显露出一股刚毅之色。马晓梅不禁感叹：这些学生确实是军人模样了。

几位毕业生挨个发言。曾经朝夕相处了三年，现在重逢于母校，每个人都心生感慨，言语之间，流露出怀念与珍惜之情。听着他们的自我介绍，姜际龙很是动容，他深有感触地说："你们在校时就很用功，从合肥十中毕业后，每个人也都表现得很出色，我由衷地感到欣慰。"姜际龙还特意说明，这不是客套话，而是他的心里话。

对于每一位毕业生的发言，马晓梅都听得特别仔细，偶尔会在他们说话间隙，简短地问几句，多是有关他们现在的学习、生活情况。

七位毕业生代表发言结束后，姜际龙看了看马晓梅："下面，欢迎马老师说说。"马晓梅抚了抚头发，才讲了几句话，就哽咽了。她努力克制着自己，不让自己的情绪失控。孙强、姜际龙、徐亚飞不约而同地望向马晓梅，又都快速地收回了目光。几位学生望着马老师，也是欲言又止。会议室里安静了下来，众人都沉默着，不仅是为马晓梅舒缓情绪留出空当，也是对她的理解与尊重。

马晓梅转过头，赶紧用手抹了抹眼泪。"看到他们，真的觉得一切就像在昨天。他们走出校园的那一刻，我的心里空落落的，跟做了场梦一样！"马晓梅吐出自己的肺腑之言。

师生相别的场景，一直刻在她的记忆中。那天，毕业的首届海航班学员就要离校。面对已经整装列队的他们，马晓梅大声喊道："向后转！"在他们转身之际，马晓梅强忍着泪水。回到家后，她再也控制不住自己的情绪，哭了半天。三年来她蓄积于心的情感，似乎得到了尽情释放。

如果知道三年来师生相处的细节，就不难理解马晓梅何以如此。

2019年的夏天，是一个令马晓梅难以忘怀的季节。在这个夏天，马晓梅曾有毫不犹豫的拒绝，也有举棋不定的纠结。

担任合肥十中首届海航班班主任前，马晓梅就考虑过：自己刚做完手术不久，身体尚在恢复中，大概率不会做班主任了；而且，再过几年，自己就可以退休了。

出乎马晓梅的意料，学校安排她担任首届海航班班主任。这是一项特别有挑战的工作。

经过一番深入思考，在家人的支持下，马晓梅最

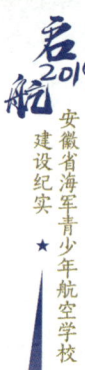

终作出符合初心的选择,开始了从未有过的工作与生活。

马晓梅所要面对的,是经过严格遴选而被录取的一届学生。这些学生刚入校时,还显得稚嫩、青涩。每个学生看似普通,但都是经过百里挑一才顺利踏入合肥十中校门的。他们既是合肥十中的学生,又与本校其他班级学生有所不同,单独编班,相对独立。

从答应担任首届海航班班主任开始,马晓梅就不断给自己做心理建设。各项工作的繁重与困难,不仅让马晓梅感到压力巨大,也让所有参与其中的人感受到了挑战。正所谓有苦亦有乐,马晓梅与首届海航班学员相处三年,他们的关系很难用寻常的师生关系予以概括。在他们身上,马晓梅倾注的心血与情感,也很难用简单的几句话描述。

马晓梅明白,首届海航班学员同自己教过的所有学生一样,终究会在某一天,像长大的鸟儿一样飞出校门,而且越飞越高、越飞越远。常识、经验和理性都告诉她,这是客观的、必然的,也是作为班主任或者说教师必须要面对的,但身在其中的马晓梅一时难以自拔。他们毕业的那段时间,要是有人当面提及首届海航班,马晓梅总是很难控制住自己的情感阀门,深藏心底的不舍与牵挂就如潮水般翻涌,难以平复。

与程风华等几位毕业生座谈时,马晓梅有意无意地提起一个沉重的话题,就是如何看待生与死。听起来,这与当天的座谈会主题不搭,但是,在场的师生听了这个"题外话",各个若有所思。

程风华望着马晓梅,似乎"闻到了熟悉的味道"——面前的这位恩师,估计又要"借事发挥",以讲哲学的方式,引导他们去更好地洞察社会,走稳人生之路。

在合肥十中首届海航班学习的三年,程风华不止一次地听到马晓梅讲哲学。私下里,他与班上同学有过交流,他们认为马老师虽然教的是化学课,但她偏爱以哲学思维与学生探讨青年学习、人生成长等诸多话题。这一次,马老师所讲的"题外话",实际上与青少年心理健康有关——外地的一起高中生失踪事件,在受到社会各界的持续关注之后,有了进展与结果,原来是心理问题引发了这一不幸事件。

马晓梅并未点名这一事件,而在场的众人都明白她有所指。言之切切,情之殷殷,马晓梅一直希望自己带过的学生能够很好地应对未来的各种挑战,做一个不迷失、不泄气,始终保持健康心态的有用之人,既能够兢兢业业为国效力,又能够拥有属于个人的幸福生活。

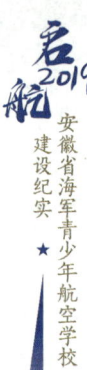

马晓梅就像朋友一样与几位毕业生谈心。在她看来,自己因为担任合肥十中首届海航班班主任收获了许多新的知识,也得到了一些肯定,如果这算"名"的话,也是合肥十中首届海航班学员带给她的。最后,马晓梅无比恳切地说:"我要谢谢你们,谢谢海航班的每一位学员!"她的话音未落,掌声就响了起来。

座谈会结束后,学校还有一个特别的安排——首届海航班毕业生代表与在读的合肥十中海航班学员面对面交流。鉴于几位毕业生的行程比较紧凑,为了让他们稍微休整一下,合肥十中海航部给他们安排了一个小时的休息时间。在休息之后,他们正好可以与刚放学的在读海航班学员进行交流。

走出会场,程风华与几位同窗有说有笑,但他们的一举一动仍显得比较拘谨。马晓梅敏锐地捕捉到了这一点,她立刻做了一个决定。

这时,学校各个年级都在上课,马晓梅示意几位毕业生向东走去。走到食堂前,马晓梅指了指设在食堂一楼的超市,程风华、杜啸远等毕业生便随她走了进去。对于这个超市,他们并不陌生,以往在合肥十中读书时,他们就常在超市里买东西。那时,作为合肥十中海航班学员,他们必须遵守规定,到超市只能选购许可范围内的物品。

一看到马晓梅,超市服务员就笑盈盈地向她问好,对随后走进超市的几位毕业生称赞道:"帅气,真帅气!"

"这一次,你们想吃什么就买什么,不要顾忌,也不要考虑为我省钱。"马晓梅特意叮嘱,还快步走到收银台前。她对超市服务员说:"他们买的东西,只能由我买单。"尽管马晓梅发了话,几名毕业生仍比较矜持,仅仅在货架前转了转,并未买东西。马晓梅只好将之前说的话重复了一遍,但他们只是挑选了几样小东西。见自己说的话收效不大,马晓梅便假装生气,特意加重了语气,说:"怎么,才出校门半年,一个个都不听我的话了?"听到马晓梅这样说,杜啸远瞄了瞄她,捂嘴笑了。

从超市出来后,马晓梅领着程风华、何嘉文、杜啸远、杨天翼等,走进了合肥十中海航楼。在校期间,首届海航班学员并未入住这幢海航楼。当时,他们住的是邻近的一座男生宿舍楼,名为拿云楼。

当年,获批成为安徽省海军青少年航空学校建设单位后,合肥十中领导班子经过研究,决定将拟扩建的男生宿舍用作首届海航班学员宿舍,以便实行统一管理。与此同时,在合肥市财政专项资金支持下,合肥十中开始为海航班建设一座综合性海航楼。筹建的这座海航楼,可容纳240名海航班学员,为他们提供住、学、研等服务。按照规划，海航楼一层还专门设立有海军航空文化馆（简称海航文化馆）。这座海航文化馆是安徽省唯一具有海军航空文化特色的展馆，馆内设置"海军发展""一脉相承""海空雄鹰""威震海天""超前培养""建功海洋""十中担当""铸魂育人""飞行模拟器"等多个展厅，集中展示了人民海军发展史、海军航空兵发展史、海军航空学校发展史、合肥十中校史及其承建的海航班情况。

最终建成的合肥十中海航楼，其二层至五层主要用作海航班学员宿舍，每间宿舍可容四人生活，上床下桌，拥有阳台和独立卫生间，还配有空调和电风扇，房间内的墙壁、被褥等均以蓝色为主色调。选用蓝色，是因为蓝色代表着海洋，且有一定的护眼作用。每层楼还专门配置了自习室、开水间、洗衣房、淋浴间以及壁挂式电话机。

走进海航楼的那一刻，程风华与他的几位同学都停下了脚步，看向墙壁上挂着的一张巨幅图片。这张图片展现的是辽宁舰出海的场景，其舷号"16"大而醒目。

在海航文化馆休息室，程风华与他的几位同窗边吃东西边聊天，彼此之间不时地开着玩笑。休息一会儿后，他们随同马晓梅走向了学校多功能报告厅。这场见面会颇受在读的合肥十中海航班学员的期待。

七位毕业生一走进报告厅，就见 2020 级、2021 级、2022 级的海航班学员齐齐坐在听众席上。2020 级海航班的班主任，现场邀请马晓梅上台主持。马晓梅婉言推辞，她提议，由几位毕业生推选一位主持人。"他们在学校时就适应了自我管理，做活动主持人对他们来说并非难事。"马晓梅对自己带过的学生很有信心。

　　七位毕业生相互推让了一会儿，最终，何嘉文被推选为主持人。活动有序进行，每位毕业生都作了自我介绍，又分别谈了学习体会、成长经历。对于他们的现身说法，台下的学弟们听得格外认真。随后，学长、学弟之间进行了互动。一开始，举手提问的人不多。随着马晓梅和几位老师的提示、引导，现场变得活跃起来，掌声、笑声交织在一起，从室内飞向了室外。

二　何以申办

时间不声不响,却蕴藏着无限生机与力量。当中国这艘巨轮行驶至新征程,改革开放的风帆高高扬起。

2018年,一个不平凡的年份。新年的第一缕阳光如约而至,神州大地上,显现出一派欣欣向荣、生机勃勃的景象。这一年是改革开放40周年,全国各地都在组织庆祝活动,安徽也不例外。行之所至,目力所及,处处都很热闹,马晓梅感受到了浓浓的喜庆氛围。

2018年4月12日,南海大阅兵举行。根据媒体报道,现场舰旗密布,舰阵如林,48艘战舰铁流澎湃,76架战机振翅欲飞,10000余名官兵雄姿英发,这是新中国历史上规模最大的海上阅兵。新时代人民海军的精彩亮相,备受全世界瞩目。这当中,舰载机组成的空中梯队,首次在海上接受检阅。

校园内外,人们兴奋地谈论着一件件大事、喜事。

2018年,对合肥十中乃至合肥的教育界而言,也是值得铭记的一年。年初,一则重磅消息不胫而走:海军会同教育部要在安徽遴选一所高中,作为海军青少年航空学校建设单位。此前所遴选的建设单位,大都是位于省会城市、计划单列市的优质高中。这则消息自然触动了合肥多所学校负责人的神经。

时任合肥十中党委书记、校长的胡焰根敏锐地意识到,申办安徽省海军青少年航空学校意义非凡,必须抢抓机遇。

胡焰根,安徽望江人,先后在望江县第二中学、合肥市第九中学、合肥市第五中学工作,深耕教育领域多年,工作求真务实,创新意识强,积累了丰富的教育管理经验。2015年9月,胡焰根调任合肥十中党委书记、校长。其时,新课程改革和高考改革已经开始,而合肥东部新中心的优质教育资源仍较缺乏。在此形势下,合肥十中要面对的是如何突破"千校一面"困境,提升办学品位,形成更为鲜明的办学特色。

履新后,胡焰根作了一番调研、分析,提出合肥十中要"坚持立德树人,落实'五育'融合",走多样化、特色化的发展路子,努力"培养德智体美劳全面发展的社会主义建设者和接班人"。在胡焰根看来,这需要真正提高站位,在管理、教学等层面拓宽办学视野,激发出生生不息的创新活力。

"对于军人,我有着很深的感情。我的亲人中就有几位参军入伍,他们身上的精神影响着我。于

情于理,我都希望合肥十中能在培养更多杰出的军事人才上发挥作用。"在宏观层面,胡焰根对于合肥十中申办安徽省海军青少年航空学校作了深入研判。

"合肥十中一直重视国防教育,较早倡导科技教育和全员阅读等,这些都是学校响应、服务国家重大战略和决策部署的具体体现。"胡焰根认为,申办海军青少年航空学校是贯彻落实国家战略的一次十分重要的机遇,可以为超前培养海军舰载机飞行员提供支撑。当时,省会合肥正在争创全国双拥模范城"九连冠",如果合肥十中能成功申办安徽省海军青少年航空学校,可为合肥深化军民融合、续写双拥模范城佳话,增添浓墨重彩的一笔。

2018年10月,天空高远而澄明,大地上涌动着丰收的喜悦。合肥十中校园内,秋叶与各式建筑构成了一幅宁静和美的画面。胡焰根与时任副校长姜际龙等几位校领导快步走向求真楼会议室。

在此次学校党委会上,与会的校领导畅所欲言,就学校申办安徽省海军青少年航空学校的条件与可能性进行了分析与探讨。在表决时,众人纷纷举手,"我同意""我也同意""同意",坚定而响亮的声音回荡在会议室中。学校领导班子形成了一致意见,决定整合学校资源,全力申办安徽省海军青少年航空学校。

起初，合肥十中并未被列入首批待考察的学校名单。考虑到教育资源的均衡和实际情况，有关方面决定从第二批待考察的学校中遴选安徽省海军青少年航空学校建设单位。在这次遴选的名单里，由安徽省教育厅推荐的合肥十中名列其中。

　　申办安徽省海军青少年航空学校被视为合肥十中的一个重要发展契机。胡焰根甚至认为可以借此蹚出特色教育的新路。鉴于此，合肥十中成立了以胡焰根为组长、分管副校长姜际龙为副组长的申办工作领导小组，并安排专门人员，就申办安徽省海军青少年航空学校的可行性，进行深入、充分论证。

　　申办工作是一场"硬仗"。合肥十中主动对接教育管理部门，相关负责人及时联络、传达与协调。即便合肥十中做了精心准备，对于申办结果，也没有人敢说有十足的把握。

　　2018年11月5日，细雨绵绵，金黄色的树叶已落了一地，梧桐树干上留下的雨水痕迹，与树皮等组合在一起，像一幅幅微缩版的抽象油画。这天出门前，姜际龙习惯性地看了看自己的车，挡风玻璃上不知何时沾了几片落叶。此时，淋了细雨的树叶无比油亮，叶脉清晰可见。

　　姜际龙驾车平稳地朝着申办工作评审会会场的方向驶去。为了当天的汇报，姜际龙特意穿了西装，

二　何以申办

系了蓝色领带，整个人特别精神。轮到姜际龙发言，他健步走上发言席。在简短的开场白之后，他就合肥十中申办安徽省海军青少年航空学校的可行性，条分缕析地汇报了40多分钟。

在这次汇报中，姜际龙详细讲述了合肥十中的办学历史、教育理念，特别是在国防教育上的具体做法与成效。

合肥十中创建于1957年，1978年被确定为合肥市重点中学，成为合肥市三所老牌重点中学之一。沐浴着改革开放的春风，合肥十中迈入了一个新的发展阶段。

20世纪90年代中后期，合肥十中因为周边轻工业区经济不景气，生源外流较多。当时因为招不满高中生，学校不得不通过开办职业教育的方式弥补经费缺口。

不过，合肥十中并未裹足不前，而是迎难而上、持续发力，终于迎来柳暗花明。学校逐渐脱胎换骨，办学质量逐年提升。2002年，合肥十中获批成为安徽省示范高中。从2012年到2017年，合肥十中连续六年获得合肥市普通高中教育教学质量综合评价一等奖，领先于同层次学校。由此，合肥十中进入了平稳发展期。

2014年是合肥十中发展历程中的一个重要年

份。当年，合肥市委、市政府斥资7.8亿元，建设了合肥十中新校区。次年，学校陆续从合肥市瑶海区和平路搬迁到瑶海区新安江路。

合肥十中焕然一新，新校区占地面积244亩。西区为教学区、运动区。教学区有三座教学楼，并有综合实验楼、图书馆、艺术楼。运动区有室内体育馆、田径场、足球场、篮球场、排球场、乒乓球场等运动场馆。东区主要为生活区，拥有可容纳5000多人同时就餐的食堂、四人一间的学生公寓、全天供应热水的浴室以及当时市属学校中唯一的有八条标准泳道的游泳馆等。

合肥十中新校区洋溢着浓郁的书卷气，就连建筑物都被冠以充满诗情画意的名字。三座教学楼的名称分别为诗华楼、书华楼、自华楼，行政办公楼被称为求真楼，体育馆被称作天行馆，游泳馆名为凌波馆，浴室则叫日新馆，食堂名为稻香楼，女生公寓楼、男生公寓楼和教师公寓楼的名称分别为栖霞楼、拿云楼和憩心楼，连接教学区与生活区的天桥被称为彩虹桥。这些名字与相应的建筑，营造出清雅而宁静的校园文化氛围。

在国防教育上，合肥十中有着较为丰厚的积淀。2018年1月，合肥十中被教育部认定为"国防教育特色学校"。同年7月，合肥十中被教育部认定为"中

小学国防教育示范学校"。

学校开展的军训成效明显,大大提振了学生的精气神;同时,举办的有关国防教育的专家讲座也场场爆满。校园文化如细雨春风,受益的自然是朝气蓬勃、风华正茂的学生。在强健体魄、汲取知识的过程中,他们不仅了解、掌握了一些军事知识和本领,还初步养成了勇敢顽强、吃苦耐劳的军人作风,增强了国防意识、纪律意识等。

让师生津津乐道的一位杰出校友——毕业于合肥十中的武警少将丁晓兵,曾多次立功,被授予"保持英雄本色的忠诚卫士"、"全国自强模范"和第八届"中国武警十大忠诚卫士"等称号。他的英雄事迹,感动并激励了一批批学子。

合肥十中开展军民共建方兴未艾,学子们报考军校热情高涨。在建设安徽省海军青少年航空学校之前,合肥十中就有不俗的招飞录取成绩。

2017年,合肥十中的五名学生被录取为飞行员。当年,合肥十中的四名学生被中国人民解放军海军航空大学(简称海军航空大学)录取,录取人数名列全省第一。

2018年,合肥十中的七名学生分别被南京航空航天大学、中国民用航空飞行学院等高校录取为飞行员,招飞录取人数及层次在同层次学校中明显占优。

在申办安徽省海军青少年航空学校的过程中,合肥十中提出了一个简练的申办口号,即"只有适合的,才是最好的"。姜际龙解释,在办学质量上,合肥十中历经多年积累,走出了一条"低进高出,高进优出"的路子,"与一些学校相比,合肥十中招录的新生成绩不一定最突出,但学校培养出的毕业生是优秀的,其综合素养一定是比较过硬的"。

姜际龙汇报的内容,涉及承办软硬件、师资力量、生源质量、寄宿管理、校园文化、保障措施、管理团队及管理机制等多个方面。其中,校园文化包括崇德校园文化、宜学校园文化、书香校园文化、智慧校园文化、科普校园文化、法治校园文化、绿色校园文化、文明校园文化、平安校园文化、和谐校园文化等。而校园文化的形成,在于日积月累,不断融入时代主题和教育发展要求。在师资力量上,合肥十中形成了以特级教师、省市教坛新星、学科带头人、省市优秀教师、省市骨干教师、各级各类大赛获奖教师、省市先进教育工作者、教育家培养对象等为主要成员的名师团队。在管理团队上,截至2017年,合肥十中学校领导班子连续三年被合肥市委综合考核组评为优秀。

2018年12月4日,在姜际龙代表学校作申办汇

报的一个月后,教育部与中国人民解放军海军招收飞行学员工作办公室(简称海军招飞办)派人来到合肥十中进行实地考察。

大自然和时间都是伟大的调色师,经它们之手,山川万物都会适时地改变妆容、色彩。寒来暑往中,合肥的冬季显得尤其漫长。尽管如此,春天的脚步挡也挡不住,一切都活泼泼的,明媚而动人。

2019年3月25日,姜际龙由求真楼走往自华楼,沿途的风景让他不由得放缓了脚步。面前竖立着一块普普通通的石头,上面刻着"桃李园"三个字。桃李园是合肥十中在搬入新校区之前专门预留的园地,与学校编印的用于内部交流的校报《桃李园》形成了呼应。

桃李园里种植有百余株桃树、李树,还种了一些樱花树、紫叶李树和银杏树。阳春时节,桃花、李花竞相绽放,而一株有着上百年树龄的朴树也不甘示弱,此时已抽出了青嫩的新芽。

凝视着桃李园,姜际龙浮想联翩。想到古人所说的"桃李不言,下自成蹊",他不禁莞尔一笑。自古以来,有关桃李的词句特别多。其中,"桃李满天下"便是一种赞誉,用以形容学校、老师培养人才之多。据传,春秋战国时期,魏国大臣子质是一个胸藏文墨、腹有诗书的人,他所教授、培养的学生,读书尤为勤奋,而后都成了有用之才。为了铭记、感谢子质先生的教导,这些成才的学生就在各自住处种植了桃树、李树。

姜际龙还记得,除了学校在桃李园栽种树木外,毕业生也在这里种下树木,以纪念在合肥十中的三年求学生活。"前人栽树,后人乘凉",在合肥十中就读的学子,常以葱茏的绿树为友,与鲜花、青草为伴。

粗细不一的树枝轻轻摇动,温煦的阳光洒在新叶上,新鲜的气息飘入鼻端,此刻姜际龙的心情格外舒畅。正是这一天,学校得到喜讯:由安徽省教育厅推荐的合肥十中成为全国13所海军青少年航空学校建设单位之一,将承办海航班。2019年4月8日,同意合肥十中承办安徽省海军青少年航空学校的批复文件被送到学校。

继合肥十中获批成为安徽省海军青少年航空学校建设单位之后,全国又增加了一个海军青少年航空学校建设单位。至此,国内共有14所优质高中成为海军青少年航空学校建设单位。除了合肥十中,其他13所学校分别为河北衡水中学、山东省昌乐第一中学、江西省南昌市第二中学、河南省郑州市第九中学、湖北省黄冈中学、湖南省湘潭县第一中学、浙江省宁波效实中学、华南师范大学附属中学、四川省双

流棠湖中学、重庆市第十一中学校、陕西师范大学附属中学、黑龙江省实验中学、辽宁省大连市第二十三中学。

三 外出取经

申办成功的消息如长了翅膀的鸟一样,"飞遍"整个校园。此时,马晓梅并未深想,也未将安徽省海军青少年航空学校与自己的工作岗位联系在一起。

"听说,学校办了件大事。"

"是的,要建安徽省海军青少年航空学校。"

许多人都在议论着。为什么要申办安徽省海军青少年航空学校?办学模式如何?花大力气承办,会达到预期目标吗?会不会影响到学校现有的教学安排与教学质量?对此,有的人感到一头雾水,有的人则想到了更为实际的问题,那就是今后的工作量说不定要增加。

教职员工的议论与疑虑,自然引起学校领导班子的重视。上下同欲者胜。为了答疑解惑,胡焰根与学校领导班子成员通气后,决定召开一场动员会。

回忆这场动员会,姜际龙说,动员会就是要让大家"窥一斑而知全豹"。会上,合肥十中校领导从多个层面解析了申办的目的、意义,同时还划出重点,指出安徽省海军青少年航空学校有其特殊性,关乎国家战略和军事发展,关系到军民融合政策的落实。作为安徽省海军青少年航空学校建设单位,合肥十中

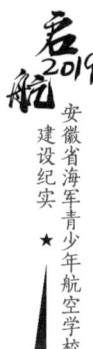

所要担负的责任极其重大,使命无上光荣。

及时召开的这场动员会,极大地鼓舞了合肥十中的教职员工,起到了沟通、鼓劲的作用。

2023年12月5日,已退休的胡焰根回忆起合肥十中成功申办安徽省海军青少年航空学校这件事,言语之间溢满谢意。他特意提到,对于合肥十中承建安徽省海军青少年航空学校、组建海航班,安徽省教育厅、合肥市教育局等部门给予了很多支持。

当年,按照《海军航空实验班建设暂行实施办法》,合肥十中制定了承办海航班的实施方案,一切按照计划进行。不过,对于合肥十中来说,承建安徽省海军青少年航空学校,不啻登山探路、摸着石头过河。摆在众人面前的是一个个亟待解决的现实问题,但风浪再大,也要迎头而上,否则就是"一篙松劲退千寻"。

为避免"闭门造车",合肥十中决定组织人员外出"取经"。

2019年2月27日,包括胡焰根、姜际龙在内的一行十余人坐上了高铁列车。三个小时后,他们到达了南昌。这是合肥十中首次就承建海军青少年航空学校组织的外出考察,目的就是考察南昌市第二中学(简称南昌二中)承建的海航班情况。南昌二中于2017年开始承建江西省海军青少年航空学校,设有两个海航班，共100余人。对于先行者的实践经验，合肥十中考察组尤为注重学习借鉴。

彼时，尚在合肥十中团委工作的徐亚飞也被列入考察组成员名单之中。一行人在南昌考察了三天，看了又看，问了又问，详细了解了南昌二中海航班的组建过程、教育教学和内务管理等。每个人的笔记本都记得满满当当。在考察中，细心的徐亚飞留意到，除了文化课学习、海航特色训练外，南昌二中海航班管理团队还高度重视做好学生的思想工作、增强学生的身体素质，并把保护学生的视力列为一项重点工作。

边听边记时，徐亚飞想到了自己的岗位职责，他考虑的是如果合肥十中申报成功，今后该如何结合海航班情况开展团委工作。出乎他的意料，后面学校给他安排的工作不仅仅关乎团委工作。

出生于1985年的徐亚飞，中等个头，是安徽省阜阳市太和县人。2008年，他从华东师范大学物理系毕业后进入合肥十中工作，担任过物理教师、班主任。2011年，徐亚飞被调整到校团委工作，四年后担任校团委书记。

此前，为顺利推进申办安徽省海军青少年航空学校工作，合肥十中在成立工作领导小组的同时，专门筹建了海航部。新设的海航部，其职责主要是统筹

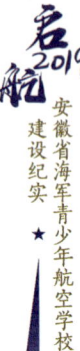

海航班招生、特训、联系保障教育教学和日常管理等工作。

当合肥十中接到承建安徽省海军青少年航空学校的批文后,徐亚飞也接到了"一纸命令"。学校的几位领导分别找他谈话,都希望由他牵头组建海航部并兼任海航部主任。当时,徐亚飞没有心理准备,一时拿不定主意。

过了几天,见徐亚飞仍未给答复,胡焰根有些急了,又一次找徐亚飞谈话。

"考虑得怎么样?"胡焰根语气温和,却透着一股力量。

"这项工作很重要,也很特殊,但我心里没底,怕辜负领导们的期望。"徐亚飞如实吐露心迹。

胡焰根点点头,对徐亚飞的顾虑表示理解。他问了问徐亚飞的工作现状和家庭情况,然后话锋一转,说到了合肥市第三十五中学的西藏班,并以此为例,扩展到全国高中特色办学的情况。胡焰根认为合肥十中承建安徽省海军青少年航空学校,就是要办出一流水平,跻身全国同类学校前列。

对于海航部负责人的人选,胡焰根郑重表示,学校领导班子经过综合考虑,认为徐亚飞年富力强,很有干劲、闯劲,适合这个岗位。

胡焰根目光坚毅,言语之间充满信心,这给了徐亚飞很大的触动。他觉得自己不能再犹豫了，便答应接下这副担子。

2019年4月初，合肥十中第二次派出考察组赴南昌二中考察，徐亚飞和多名老师都在其中。

这一次，他们考察的目标更为明确，着重了解南昌二中海航班的招生、教学、管理等情况。当时，徐亚飞与时任南昌二中海航部副主任姚宜品建立了联系，他向姚宜品请教了海航班的招生办法和相关配套政策、举措。之后，徐亚飞还专门邀请姚宜品来到合肥十中，为参与海航班招生的团队进行培训。

在首届海航班筹办过程中，合肥十中领导班子和教职员工上下齐心，与时间赛跑。当时的工作节奏，密如咚咚作响的鼓点。"白加黑""五加二"成了他们的工作常态，每个人都像打了鸡血一样，斗志昂扬。自然而然，当时的他们都很难腾出时间和精力照顾家庭。"特别能吃苦，特别能战斗。"胡焰根在回忆时感慨道。合肥十中的领导干部和教职员工迸发出了强大力量，展现出了良好的精神风貌。胡焰根始终觉得，与这样的队友共事，是他从事教育工作的幸运。"在这个过程中，合肥十中得以培养一批人才，这是学校的一大收获。"胡焰根说道。

四　百般纠结

2019年6月28日，正在休假中的马晓梅开车从霍山返回合肥。

当天下着雨，她开车开得慢。人尚未到家，搁在包里的手机就响了。因为在开车，马晓梅不方便接电话，手机铃声持续响了十来秒，而后停了。不大一会儿，熟悉的手机铃声又响了起来。

马晓梅迅即想到，会不会是学校有急事找她，于是寻了一处停车位，将车停稳。她从包里拿出手机，看到是姜际龙打来的电话，知道十之八九有工作任务。

马晓梅回拨了电话。接通后，手机那一端传来姜际龙清晰而平和的声音："马老师，有件事要和你通个气。"马晓梅听到这话，脑海里立刻闪过一个念头：要让自己带海航班的化学课？学校正在筹办海航班，上上下下忙得不可开交。现在，校领导给她打电话，除了沟通这件事，难不成还有其他要紧的事？马晓梅心里想着，嘴上很快应道："姜校长，具体什么事啊，请说。"

"马老师，一定要听我把话说完。"姜际龙顿了顿，接着说，"千万不要激动，可以吗？"

马晓梅愣了一下,问:"姜校长,请直接说吧,学校准备让我做什么?"

"当海航班班主任,怎么样?"姜际龙快速答道。

"啊!什么?!"马晓梅听到这句话,大叫了一声。

不过,她的反应像是在姜际龙的预料之中。

此时,马晓梅有些激动,对着手机说话的声调陡然拔高:"你们真的不该考虑我!"

姜际龙耐心地回答:"学校领导班子经过慎重研究,认为你比较合适。当然我们也考虑过你的身体情况,毕竟做了不小的手术,而且才过了一年,想到这一点,大家都于心不忍。但是,看你的状态,应该恢复得不错,是不是可以考虑考虑呢?"

到底选谁担任首届海航班班主任?之前,姜际龙已经把学校老师都筛选了一遍。申报建设安徽省海军青少年航空学校、组建海航班,被视为合肥十中特色教育的"提速器"和"检验石"。首届海航班班主任的选配,关系到首届海航班办学成功与否。"第一炮"最为关键,无论如何,都要想办法打响。对于首届海航班班主任及教师团队的人选,合肥十中领导班子作了通盘考虑与专门研究。

在合肥十中,姜际龙曾做过12年班主任,先后

担任年级组副组长、组长,教务处副主任、主任,以及分管德育的副校长,直至此后接任校长。 他曾荣获全国物理名师赛一等奖、全国物理创新课大赛二等奖、全国优秀视频课例一等奖、安徽省第二届"教坛新星"、合肥市学科带头人等荣誉,教学实践与管理经验丰富。

姜际龙对马晓梅的工作能力、人品都相当了解,熟悉马晓梅的教学情况,与马晓梅交流班级管理的次数比较多,知道马晓梅是一位工作出色、经验丰富、备受尊敬的优秀教师。 在多年教学工作中,马晓梅以善于独立思考著称,尤其执着于对教育本质的探索,敢于突破和创新。 她笃信并坚持这样的理念:"教育是对生命的尊重和陪伴,引领学生内观自己、外观世界,从而能以更大的格局思考问题,使学生得到最大化发展的一门科学和艺术。"此外,马晓梅向来淡泊名利,不计较个人得失。 这一点也为姜际龙所深深感佩。

实际上,让马晓梅挑重担,姜际龙也有些为难。 他知道,马晓梅才做完手术不久,身体尚在恢复中,但是,综合考虑后,姜际龙认为她最符合首届海航班班主任这一岗位要求。

胡焰根非常认可姜际龙推荐的人选。 对于马晓梅的授课质量以及担任班主任所取得的成绩,他都有所关注与了解。有关马晓梅疏导学生心理、改变学生心态的一件小事，让他记忆犹新。

在2016年学校运动会期间，胡焰根留意到，马晓梅正耐心地与一名学生交谈，这名学生并不是马晓梅所带班级的学生，只是她得知这名学生比较有个性，又倔强，平时不大听得进授课老师的话，以致影响了学习。出于身为教师的责任感，马晓梅利用该名学生参加运动会的间隙，专门找他谈心。在两人聊了半个多小时后，马晓梅帮助这名学生打开了心扉，让他认识到自身存在的问题。之后，这名学生逐渐调整了个人的心态，学习有了较大的进步。

"马老师掏心掏肺的一番话，产生了'化学反应'，使他整个人的精神面貌都变得不一样了。"事后，胡焰根了解到事情的来龙去脉后，对马晓梅的敬意油然而生。"师者，所以传道受业解惑也。"对于马晓梅而言，教育学生、爱护学生、帮助学生并非空洞的话，而是有大量的具体行动和实际成果支撑。

海航班属于新生事物，没有谁敢确保推进过程能顺风顺水，并且结出令人满意的果实。姜际龙早已做好思想准备，在他看来，即使首届海航班办不好，还会有第二届、第三届，权当将首届海航班作为"试验田"，积累的实践经验可供后续办学参考。现在，如果一味担心、纠结将来的结果，只会耗费时间与精

力,影响相关工作的推进。与其坐而论道,不如起而行之。毕竟,海航班不是一个人在战斗,而是整个学校在努力。

马晓梅的回答超出姜际龙的预料。

"不,不可能。"马晓梅一口拒绝,斩钉截铁。

姜际龙想了想,没有立刻要求马晓梅收回答复,而是与马晓梅开始闲聊。他以迂回的方式劝说:"我们去外地做了调研,海航班的学生,一个个像当兵的一样。看他们的精气神,我自己都想带这个海航班了。在合肥,在安徽,这是史无前例的事。作为首届海航班班主任,肯定会遇到不少挑战,但是,如果不带这个班,我可以肯定,将会留下不小的遗憾。马老师,你难道不想在自己的教育生涯中增添浓墨重彩的一笔吗?"

听到姜际龙这样语重心长的话,马晓梅瞬间沉默了,随后说:"姜校长,你讲的我也明白。海航班管理不是一件小事,慎重起见,我还是不做海航班班主任为妥。"

"先别急着拒绝,请考虑考虑,三天后再给我答复,好吗?"姜际龙如此恳切的言辞,让马晓梅再次沉默,片刻后,她略显犹豫地回了句:"那好吧。"

到家后,马晓梅还在回想姜际龙的话。他说得很对,但是,自己真的要接下首届海航班班主任这副重担吗？ 想到自己对这个新班级一无所知，又担心自己在未来的日子里难以承受压力，她很是犹豫。只要平稳地工作几年，自己就可以正常退休了，难道还要冒着难以预料的风险，在重重压力下拼一把？这时，仿佛有一个声音萦绕在她的耳畔："这件事太有意义了，你要是不接的话，一定会留下遗憾！"

马晓梅的家就在淝河岸边，平时有空，她会沿着淝河或到邻近的包河公园散步。她喜欢临水静思，借此放松心情。

这一次，因为心里烦闷，马晓梅决定去巢湖岸边透透气。第二天，她便从住处驾车向南而行。她来到湖畔，看着一眼望不到边的浩渺水面，心情随之产生了变化。这便是本书"楔子"中所描述的场景。

在湖畔走走停停的马晓梅，此时思绪万千。历史与时代都是宏大的主题，但它们不是虚无缥缈、遥不可及的，而是具体的，与每个人息息相关。湖面水波荡漾，马晓梅心里同样翻腾着浪花，她一时茫然，一时又有些期待，盘旋在耳畔的声音再次响起："这件事太有意义了，不参与一定会留下遗憾的。"

正如姜际龙所了解的，马晓梅向来热爱思考，乐于在实践中摸索、解决问题。在得知自己可能患上了难以治愈的疾病后，她就曾拿出钻研的劲头，自学中医。幸好她的手术比较成功，加上精心调理，马

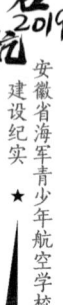

晓梅奇迹般地战胜了病魔。

那天，从巢湖岸边回到住处后，马晓梅不止一次地问自己：学校组建的首届海航班将会是怎样的一个班级？与自己以前所带的班级相比会有什么区别？怎么管理这个班级才最为合适？一连串的问题纠缠着她。

对于担任首届海航班班主任这件事，马晓梅仍在犹豫。如果接下这副担子，肯定有很大的压力，但要是不接，她的内心深处似乎又有某种力量在干扰、阻止她。想来想去，马晓梅心里升起一种奇妙的感觉，迸发了一探究竟的兴趣。

马晓梅开始收集资料，了解国内其他海军青少年航空学校的办学情况，而后将这些学校的情况汇总起来，做成表格，以了解海航班的具体事务。但是，对于海航班的"内核"、海航班学员的培养方式等，她觉得自己还不是很清楚。

于是，她找到一些军旅题材的影片、电视剧和书籍，以便多了解些部队生活与军人日常规范。那段时间，"服从""铁的纪律""集体意识""浓浓战友情"等词语反复出现在马晓梅的脑海中，好像随时要从她的意识中"弹出"。

马晓梅当了近30年的中学教师，深知十四五岁的孩子正处在身体发育、心理发展的关键时期，也是世界观、人生观与价值观形成的关键阶段，班主任必须找到适合他们成长的管理模式并对他们加以引导。

班级是学生在校学习、生活的基本组织形式，是学校开展教育教学的基本单位和重要场所，而班级管理直接关系到学校教育教学质量的高低。班主任们身处一线，担负着重要的职责。多年来，担任班主任的马晓梅一直在思考、探索班级管理模式，形成了五个版本。从最初的沿袭套用，到逐渐吸收融合一些经验做法，创新地提出"五育"并举的交互式管理模式，她从未停下探索的脚步，不断求变求新，尽其所能调整、升级班级管理模式，更好地为国家培养人才。这样的探索与变革，正是她顺应时代发展、遵循教育规律的体现。

20世纪90年代末，年轻的马晓梅开始担任班主任。这一时期，全国各地的学校采用的大多是较为传统的等级式班级管理模式，即从所带班级的学生中选出班长、副班长、学习委员、体育委员、劳动委员、课代表等班级干部，由他们协助班主任管理班级。当时，马晓梅基于常规做法和自己在学生时代的观察、体会，采用了这一传统的班级管理模式。这就是马晓梅实施的班级管理模式1.0版。

长期以来，学校、班主任、教师、学生乃至学生家长对这种传统的班级管理模式习以为常，甚至可以说习焉不察。不过，随着时代的发展和教育领域面临的新变化、新任务，一些教育工作者开始反思传统教育方式、评价模式等存在的弊端和不足。马晓梅就有发现，并作过思考。在传统的班级管理模式下，班主任使用的奖惩方法单一，事事需要亲力亲为。在这种模式下，大多数学生能够获得的锻炼机会非常少，缺少展示的机会，个性难以张扬，潜力难以得到充分释放。因此，多数学生参与班级管理的积极性不高。出现这样的情况与结果，既不利于贯彻以人为本、全面发展的教育理念，也难以落实立德树人根本任务。

是继续因循守旧还是大胆变革？如果对班级管理模式进行调整，积极成效是什么，可能出现的负面影响是什么？如何尽量减少或消除负面影响？马晓梅陷入思考之中。

为此，她查阅大量资料，希望从中找到答案。马晓梅躬耕教坛以来，一直有关注教育界动态和全国同行经验做法的习惯。一天晚上，备完课之后，她翻开了一本杂志，一篇讨论小组制和量化管理的文章吸引了她的目光。马晓梅一口气看完文章，沉思良久。这篇文章的内容为她提供了一个非常好的思路，马晓梅拿出纸笔，结合自己所带班级的实际情况和工作体会，开始设计符合班级情况的小组制管理模式。然后，马晓梅就这套管理模式同班干部进行商讨，并逐字逐句地调整、修改。不久，她在全班进行动员，调动全班学生开展"头脑风暴"，对小组制管理模式予以补充、完善。最后，在全班学生都支持的情况下，由马晓梅主导并融入师生意见、想法的这套管理模式，进入了实施阶段。这便是马晓梅实施的班级管理模式2.0版。

在具体实施中，马晓梅发现，这套管理模式的确可以发挥出应有的作用，特别是通过小组间的竞争和小组内的合作，班级管理效率大为提高，学生的团队合作能力得到了提升，竞争意识也得以增强，班级迸发出新的活力。但显而易见，这种模式依然属于等级式的管理模式，班级的管理仍然主要依靠几个班干部，多数学生尤其是行为习惯不太好的一些学生，始终处于被批评的被动状态，久而久之，他们容易产生习得性无助感，甚至开始自暴自弃，缺乏改变自己的动力和愿望。

如何让每一个学生都站在班级管理者的角度思考问题，特别是引导、帮助一些行为习惯不好的学生拓宽眼界、提升格局，使他们增强对班级的归属感和认同感，对班级管理产生更多的共鸣，马晓梅有过反复思量。深入思考后，她与学生商量，决定将班长、副班长等班级职务全部取消，改成小组制加值班班长的管理模式。推行这种管理模式，可以让所有学生都拥有担任班长、参与班级管理的机会。

马晓梅推行的班级管理模式3.0版，可谓一次推翻班级等级式管理模式的改革。自此，她所带的班级逐渐走上人人有责、全员参与的自主管理的道路。让那些学习成绩相对落后、整体表现不太好、常被老师批评、不大受同学欢迎的学生，也有担任班长的机会，能站在讲台上"发号施令"，行使班级管理权限，马晓梅认为这就是具体可见的生命被尊重和激活的过程，本质上是"德"的一种体现。这套管理模式让全体学生都有了参与班级管理的权利和机会，提升了全体学生参与班级管理的积极性，挖掘了学生的潜能，较好地展示了学生的个性与才华，整个班级被注入了更多的活力。至此，马晓梅才觉得自己稍微懂得了"班主任"的含义，心里也有了某种释然的感觉。

不过，没过多久，马晓梅发现，在具体实践中，这种管理模式也存在弊端，那就是班级管理会出现不稳定的现象。对此，她又进行分析，认为学生的个性和能力存在差异，学生的性格和思维习惯有所不同，在班级规则的执行力度和方法上也不一样，致使屡屡产生矛盾。如果班级管理的稳定性得不到保障，就不利于班级的长期稳定发展。怎么办？马晓梅再次陷入苦苦思考中。不过，她坚信并能做到的，就是她所带的班级，在管理上再也不会回到传统的等级式管理模式上，毕竟那是不符合教育教学发展规律的旧模式。在旧模式下，班级管理表面上看起来稳定，实则学生得不到全面展示和发展。

每个学生都是有着鲜活生命、不断成长和觉醒的个体，是拥有独立人格、充满无限可能的个体，班级管理需要聚焦于学生的主体性、主动性和发展可能性。这是马晓梅在班级管理和教学实践上的重要认知。这期间，马晓梅到华东师范大学参加培训，聆听了许多精彩的讲课。其中，有关国际知名企业团队管理理念的介绍与讲解，给她带来了新的思考。一次，她前往合肥市教育局参加教研会。去的路上，马晓梅灵光乍现，她想到自己是合肥十中的一名教师，接受学校的直接领导和管理，同时在教育教学上又接受合肥市教育局教研部门的管理和督导，这种双重、交叉的关系有其内在的逻辑和实际作用，对于班级管理同样有值得借鉴之处。

为此，马晓梅决定，在班级设立对值周班长进行提前培训和过程督导的团队，尽量挑选一些品学兼优的学生担任团队成员。他们不直接参与班级日常工作的管理（这项工作依然由值班班长负责），主要负责对值班班长的提前确定、培训，并对一些不利于班

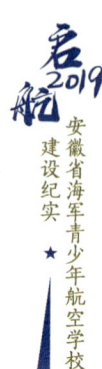

级和谐的行为予以制止，提出整改意见，还可以随时将发现的这些情况上报给班主任，以便集体商议、解决，维护班级的稳定。

于是，马晓梅便在自己所带的班级设立了五个部，即学习部、体育部、生活部、文化部、纪律部，然后，选出具有较强责任意识和管理能力的学生担任五个部的部长，五位部长组成了班级管理督导团队，行使督导权。根据安排，为了强化提前培训和过程督导，班级每个小组均有几名成员加入五个部，每个部都有十人左右。每个小组的成员进入哪一个部，均可在小组内进行协商讨论、自主选择。各部部长可以因为某种需要申请召开各部成员会议，商讨班级某些事务的执行方案或某项制度的调整办法等。有了五位部长的提前培训和过程监督，马晓梅所带的班级，真正迎来了管理比较稳定而又能让学生张扬个性、充满活力的发展状态。这便是马晓梅实施的班级管理模式4.0版。

多年来，马晓梅在班级管理上探索不止、创新不断。她所带班级的学生一直保持着优良的学风，学生在思想品德、学习成绩和身体素质等方面都表现得尤为出色。

十年树木，百年树人。包括马晓梅在内的无数教育工作者，一直都在用心探索、实践与总结。

追根溯源，在这片历经沧桑巨变而积淀深厚的土地上，重教尚学的传统一直延续着。一代又一代的教育家，无不苦心孤诣，探求教育真谛，寻找和选择适应时代发展的教育方式，以培养更多优秀人才。

出生于安徽省歙县的陶行知，"捧着一颗心来，不带半根草去"，探寻教育新路，主张"生活即教育""社会即学校"，呼吁新教育应培养全面发展的"人中人"。

蔡元培是第一位主张"五育""不可偏废"的教育家。他曾在《教育杂志》上发表《对于新教育之意见》，系统阐述了"军国民教育、实利主义教育、公民道德教育、世界观教育、美感教育"这"五育"的内涵、作用和相互关系。不过，蔡元培所倡导的"五育"，与今天人们所提倡的"五育"并不能画上等号。

教育是国家富强和民族振兴的基石，如何更好地培育优秀人才，向来是教育界探讨、研究的课题，更是整个社会十分关心的话题。根据有关资料可知，1957年，最高国务会议第十一次（扩大）会议提出"三育"（德育、智育、体育），使之成为指导和推动全面发展教育的基本组成部分。1999年，《中共中央国务院关于深化教育改革全面推进素质教育的决定》颁布，明确提出"造就'有理想、有道德、有文化、

有纪律'的、德智体美等全面发展的社会主义事业建设者和接班人"。由此,"美育"与"德育""智育""体育"并列,"三育"扩展为"四育"。2018年,习近平总书记在全国教育大会上提出"培养德智体美劳全面发展的社会主义建设者和接班人","劳动教育"被纳入全面发展教育,从此"四育"扩展为"五育",正式确立了新时代教育人才培养的目标。

2019年,《中共中央 国务院关于深化教育教学改革全面提高义务教育质量的意见》发布,明确提出"坚持'五育'并举,全面发展素质教育"。"五育"并举,彰显着新时代中国教育以人为本的鲜明底色。

投身教育领域以来,尤其是近年来,马晓梅积极践行"五育"并举理念,创新班级管理模式,在某种程度上可以说是先行一步,符合新时代教育发展规律与趋势。

夏夜的天空闪烁着星光。马晓梅与丈夫在包河岸边散步。此时的包河公园内,虫鸣此起彼伏,幽幽的荷花香气四处飘散。马晓梅看似漫步,实则仍在思考海航班的事。

如何将军人的服从意识与青少年成长需要的主动意识、创新意识融合在一起,激发学生的内驱动力?马晓梅灵光一闪:将原来的班级制度和军事化管理糅合在一起,不就两者兼顾了吗?

经过深思熟虑后，马晓梅再次以实际行动彰显创新精神。她将原来的五个部改设成五个中队，分别为德育中队、智育中队、体育中队、美育中队、劳育中队。每个中队的负责人为中队长，班级原有的各小组改为小队。这一调整和设置，强化了班级的制度建设和纪律要求，突出了对学生的领导意识和服从意识的双重培养，有利于完成为国家培育舰载机飞行学员这一光荣任务。"五育"并举的互交式管理模式由此成形。这就是马晓梅实施的班级管理模式5.0版。

理清了这些，马晓梅觉得自己心中有了选择，于是便对丈夫说："如果我接下首届海航班班主任这副担子，恐怕今后很难顾及家庭和你。"丈夫看着她，以坚定的语气回答道："接或不接，由你决定。无论你作出什么选择，我都支持。凭我对你的了解，如果不接，以后你会感到遗憾的。"马晓梅当即点头："好！有你的支持，我接！"

为了防止自己再犹豫，马晓梅很快给姜际龙发了一则长信息：

姜校长，您的谈话真诚，分析透彻，思虑全面，我的内心深深被触动，那颗沉睡已久的做班主任之心，又开始萌动、发芽（哈哈，咋觉得有点文艺）。

一想到所面对的责任和压力，以及自己的能力，我又陷入深深的思虑之中。虽做过多年班主任，但一切都在变，我所面对的可能是和以前完全不同的班级管理情况，于是，又对自己产生了一些不自信（此处省略一万字）。

但是，心里总有一个声音对我说：去面对一群可爱的孩子，为他们做点什么吧，此生不留遗憾。最后我想，我不相信自己，但应相信领导的选择，既然你们选择了我，我必须要完成我能做的事，而且海航班是许多人关注的焦点，我不过是要尽自己的一份力量，比如关注孩子的个性发展、情感变化，及时进行心理疏导，做好与学生、家长以及校领导的沟通，等等。此外，我也得到了家人的支持。（这也很重要，对吧？）考虑好了这些问题，我才有了敢于面对挑战的勇气。所以，我愿意加入首届海航班的管理团队中，尽自己的绵薄之力。

您知道我的做事原则，要么不做，要做我就会认认真真，尽职尽责，不仅要做好学生工作，更要做好配合工作。虽然个人能力不足，但我相信有领导的决策、支持，有团队同人的齐心协力，一定在三年后不留遗憾。（好像在喊口号，但绝对是肺腑之言，怕电话说不清楚，故而发短信给您，我有点啰唆了！）

姜际龙看到这条信息，很受触动，迅速回复马晓梅："太好了！ 感谢马老师！ 我们相信你能做得好！"

这一晚，马晓梅睡得特别踏实。 当然，她很明白，首届海航班承载着学校的厚望，受到方方面面的关注，自己不做则已，要做就要尽己所能，三年后不留下遗憾。

2019年7月22日，在合肥十中班主任工作交流会上，马晓梅作过一次发言，从中足见她对教育的思考。 马晓梅说道：

合肥十中首届海航班班主任，这是一个特殊的岗位。海航班的工作任重道远，充满压力和未知数。对于即将面对的责任和压力，我惶恐过、胆怯过，甚至想退缩，但我身体里总有一股力量、一种冲动在推动我去接受这个挑战。

德国哲学家雅斯贝尔斯在《什么是教育》一书中说过：真正的教育是用一棵树去摇动另一棵树，用一朵云去推动另一朵云，用一个灵魂去唤醒另一个灵魂。在这个过程中，唯有脚踏实地，拿出钉钉子的精神，一锤子一锤子地敲，一个钉子一个钉子地钉。

作为教师，必须不忘初心，追求教育本真，尊重每一个学生，引导、陪伴、督促他们，而结果就是自然花开。教育又像农民种树、种稻子一样，种子是靠自己的生命力在生长，农民所做的绝不是拔苗助长，更不能期望种植水稻会结出苹果。当然，也无法阻挡参天大树冲向蓝天。无论什么样的种子，都有它的生命轨迹、生命特征和生命价值，而农民所做的主要就是给种子找到合适的土壤，给它

适当地浇水、适当地施肥，给它除去杂草、剪掉影响它生长的枝杈，在它不适应环境而要长歪时帮它调整，在有害虫时必须帮它灭除。而我也会以此为信念，陪伴、帮助我的孩子们，期待他们像一棵棵树一样长成栋梁之材，或者结出累累果实，哪怕是小草，也要在风中摇曳，长成绿油油一片。

这是多么快乐的体验，这也许就是教育的本真。教育绝不是冲着功名利禄。如果有人非要说我做海航班班主任图什么，那我要说的就是，在将来的岁月里，在我垂垂老矣时，面对大海，仰望苍穹，看到飞机飞过，我想这可能是我的学生开的飞机，就已足矣。这是一种幸福，是一种让我可以珍藏一生的幸福。

五　如同撒网

相较于国内其他学校组建的海航班，合肥十中组建的海航班起步较晚，筹办工作、对应的事务之繁杂，超出了徐亚飞、马晓梅等人的想象。

在马晓梅答应担任首届海航班班主任之前，合肥十中已经启动海航班招生工作。适合海航班的苗子在哪里？对于这一问题，没有人可以给出肯定的回答。

2019年4月21日上午，春雨淅淅沥沥，空气格外清新。合肥十中校园内陆续迎来一些媒体的记者，他们应邀参加安徽省海军青少年航空学校招生工作媒体通气会。这一天，也是合肥十中2019级海航班招生工作正式启动的日子。

海军招飞办、安徽省教育厅基础教育处、合肥市教育局等相关机构、部门的负责人出席了这场通气会。通气会上，有关方面表示，合肥十中承办安徽省海军青少年航空学校，不仅是合肥十中发展史上的一个里程碑，还标志着海军与安徽省军地联合培养飞行人才开启了新模式。建设好安徽省海军青少年航空学校，可以让更多安徽学子成为"刀尖上的舞者""精英中的精英"，为他们从军报国开辟新渠道，为海

军飞行人才队伍增添新生力量。这是合肥十中乃至全省教育界肩负的新使命。

雨尚未停歇,闻讯赶来的学生和家长众多,招生咨询会现场被围得水泄不通。

对接媒体、学生及家长的工作人员忙前忙后。招生咨询会顺利结束后,徐亚飞悬着的心放下了。几乎一夜未眠,他的眼圈有些发黑。徐亚飞住在合肥市区西南方向,从家里自驾到学校,耗时四五十分钟。为了赶进度和节省时间,自招生工作启动后,他就带了一床被褥和换洗衣服放在办公室。那段时间,他基本上吃住在学校。在医院工作的妻子同样忙碌,而当时家里老人身体不便,儿子正上幼儿园,徐亚飞同妻子商量后,请来老家亲戚帮忙接送儿子。

2023年底,已担任合肥十中党委委员、副校长的徐亚飞,与笔者谈及曾经的工作强度,以及因顾不上家庭而深感愧疚时,不由得深吸了一口气,眼中隐隐有泪光。

在着手准备首届海航班招生宣传工作时,徐亚飞赴南昌考察、学习的收获派上了用场。参考借鉴成功做法之际,徐亚飞领着海航部的几位老师,结合安徽省情与合肥十中的实际,撰写宣传方案,起草招生简章,设计招生海报,还制作了专题视频等。

不仅是海航部的工作人员忙得团团转,整个合肥十中都在快速行动。参与招生的合肥十中教职员工全部接受了专题培训,并被要求在短时间内熟悉招生政策、工作流程。按照三人一组(一名中层干部、两名教师)的配置,合肥十中迅速组建20多个招生宣传工作小组,奔赴全省百余个县区开展招生宣传工作。

到各县区后,合肥十中招生宣传工作小组遭遇了冷热不一的对待。对于他们的到来,有的县区教育部门的工作人员非常热情,配合他们向当地的老师、学生及家长宣传、讲解;有的认为合肥十中承建的安徽省海军青少年航空学校开展招生宣传工作是提前招生行动,想要与当地高中争夺优质生源,所以态度就比较冷淡,甚至让工作小组成员吃了"闭门羹"。

"兼职"成为宣讲员的一些老师,因为遇到了"冷脸",心里颇不平静。他们本可以按部就班地教学,但为了首届海航班的招生,工作量增加了,自己还得豁出面子、放下"身段"、往来奔波,介绍承建海航班的意义和人才培养目标。

姜际龙原本就比较清瘦,在2019级海航班招生这段时间,整个人比之前更瘦了。学校领导以身作则、冲在前头,教职员工同样全力以赴,加班加点成了他们的家常便饭。2019年五一期间,因为忙于2019级海航班的招生工作,合肥十中许多老师都放

弃了休假。

面向全省的招生宣传铺开后，合肥十中海航部的工作节奏加快，老师们加班加点梳理、汇总各地学生报名情况。

那段时间，徐亚飞时时想着怎样以点带面来取得突破，从而推动合肥十中首届海航班的招生工作。为此，他特意回了一趟阜阳老家，专门拜访市、县教育部门负责人，通过介绍、交流，如愿地获得了当地的支持与帮助。当年，合肥十中首届海航班从阜阳招录了5人，次年即第二届则增至16人。

令徐亚飞特别感动的是，在合肥十中2019级海航班招生阶段，安徽省教育厅基础教育处给予了鼎力支持，面向全省进行动员，通过发文件、打电话等方式做工作，帮助合肥十中解决了许多难题。

以合肥为原点，合肥十中2019级海航班的招生信息，好像荡起的一层层波浪，传向了安徽各地。奔赴全省的各个招生宣传工作小组没有白费工夫，在很短的时间内，就吸引了一些符合2019级海航班招考条件的学生。

各地报名的学生，要想顺利考入合肥十中海航班，必须具备自然条件、政治条件、心理品质条件、身体条件和文化条件。其中，身体条件包括身高、体重、体型、视力等，均有严格要求。根据海军招飞办、安徽省教育厅的安排，合肥十中完成了报名学生的报名审核、初选考察、定选考核、政治考核、飞行及遗传病史调查等选拔程序。最终，经过中考筛选后，符合各项要求的51名学生被合肥十中录取，成为2019级海航班学员。

位于皖西的一所县城中学依山就势而建，西临幽芳河，南对文峰塔，校园景色格外秀丽。2019年4月底的一天，课间休息刚结束，班主任苏老师便踏进教室。站到讲台上，他清了清嗓子，说有一件重要的事情要宣布。教室里很安静，所有学生都把目光投向了班主任。按照教育部门下发的文件，苏老师详细介绍了报考安徽省海军青少年航空学校的要求、条件与注意事项。

程风华听得尤为认真，他记得苏老师在介绍时提到，以往都是在应届高中毕业生中招收飞行员，这一次是安徽省首次从初中毕业生中选拔舰载机飞行学员苗子。如果能顺利考上合肥十中海航班，作为海航班学员，就读期间的学费、住宿费和书本资料费均由海军按照标准给予补贴。此外，海航班学员每年都有伙食补助与生活补贴，学校还发放被装等用品。三年后，海航班学员如果顺利通过招飞选拔且高考成绩达到要求，就可以成为海军飞行学员，还可能成为海军航空大学与北京大学、清华大学、北京航空航天

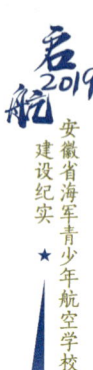

大学联合招收培养的"双学籍"飞行学员。这种"双学籍"培养模式,对程风华的吸引力极大。自进入初中阶段后,他就萌生了一个强烈的念头:一定要考入清华大学。如今,这一难得的机遇就出现在眼前,他觉得自己无论如何都要争取。

同一天,在班级家长群里,苏老师发布了合肥十中2019级海航班招生的消息。一石激起千层浪,这一消息引发了学生家长的关注。

当天下课后,程风华像往常一样回到家里。爸爸妈妈都在家,这让程风华有些奇怪,平时爸爸要忙到很晚才回家,今天好像专门等他回来似的。从他们的眼光中,程风华感受到了一种急切与期待。"老师在班级群里说了海航班的事,你都清楚吧?"程风华的爸爸没有拐弯抹角,直接问他的想法。程风华平静地答道:"知道啊,我正在想这件事呢。"母亲接上话,追问:"那你想不想报名?"听到妈妈的话,程风华回答得很干脆:"想啊,当然想!"程风华的爸爸妈妈相互看了看,不约而同地松了口气。

家里的经济来源主要是父母做小本生意的收入。程风华的爸爸起早摸黑,每天忙忙碌碌,他的妈妈除了兼顾家里,也要抽空与他的爸爸一起送货。程风华知道父母很辛苦,平时只要得空,就会帮着打打下手。上小学时,程风华就开始骑车上学,不需要父母接送。有时父母忙到很晚才回来,读高中的姐姐在学校上晚自习,他就一个人待在家里,安安静静地做作业。在父母眼里,程风华比较懂事,但他毕竟是个孩子,也有任性、脆弱的时候。

"孩子也爱玩,还有点犟脾气。"程风华的妈妈至今记得,程风华读初一时,有一阵子迷上了玩电脑游戏,这让她很是担心。有一天,程风华的妈妈发现他又对着电脑玩游戏,就问他怎么不抓紧时间学习,他却若无其事地回答:"我刚打开电脑。"听他这么一说,程风华的妈妈不由得急了,声调陡然提高,说道:"一问你,就说刚打开电脑,是不是偷懒了?""难道你说什么就是什么?"程风华顶了一句,他的妈妈心里不是滋味,转身走开了。次日早上,程风华的妈妈挨个房间打扫卫生,发现儿子房间的桌子上摊开着一个本子,她忍不住扫了几眼。原来这是孩子写的日记,记录了昨天顶嘴的事。程风华的妈妈没有再看下去,站立了片刻,觉得自己很可能错怪了孩子。

细心的妈妈注意到,程风华做作业常做到深夜,就问他:"别人家的孩子做作业都很快,你怎么拖拖拉拉呢?"程风华回道:"他是他,我是我。我有自己的计划与安排。"程风华的妈妈被呛了一句,笑了,继续问他:"你就不能做快点吗?"程风华这才解

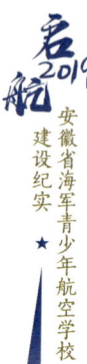

释,他是不想随便应付,每门作业他都会仔细去做。

"要是考试没考好,他也会闷闷不乐,还有可能哭鼻子。"程风华的妈妈知道儿子即使表面上装作没事,内心其实很要强。

2024年1月4日,笔者在程风华的家里看到一面墙壁上贴满了奖状,主要是他从小学到高中获得的表彰。程风华的妈妈说到儿子的学习,言语间流露的满是欣慰之情。

因为家庭住址的变化,程风华由县城一所小学转到了另一所学校,这时苏老师就注意到了他。在程风华升入初中前,苏老师曾专门到他所在的学校摸底,得知程风华是一个好苗子,便留意起来。

就像一株沐浴着阳光雨露的树苗,日日见长,程风华进入初中后,一如既往地勤奋,作业做得工工整整,文化课成绩一直居于班级前列,甚至排到全年级第八名。不仅如此,程风华还担任了班级学习委员、英语课代表,热心于班级活动与集体事务。"程风华发展比较全面,体育成绩同样出色。"苏老师介绍,程风华曾代表学校参加全县运动会,获得男子田径比赛800米冠军、1500米季军。

程风华就读的初中,共有六人报名参加合肥十中首届海航班招生初选。初选地点就在邻县县城。

2019年5月18日,在老师的带领下,程风华与另外五名学生一同坐上了车,翻山越岭去参加初选。初选考察包括视力检查、心理测试和文化测试。其中,文化测试包括语文、数学、英语和物理四科,难度与中考相当。面对初选,六个人抱着期待,又有些紧张。

苏老师看好程风华,认为综合学习成绩、身体素质等情况,只有他最有可能被选上。初选结果揭晓,果然仅程风华一人通过。当苏老师告诉程风华这一消息后,他开心极了。苏老师提醒他,后面还有几道关要过,从现在起,不但文化课成绩不能下滑,个人视力还要保护好,千万不能出岔子,不然后悔都来不及。程风华点了点头。

在报名学生视力检查合格、心理测试合格的前提下,根据文化测试成绩排名,才可以确定他们能否进入定选考核。由于定选考核实行单项淘汰制,即使报名的学生通过了初选,一旦某项检查不合格,就不得不终止考核。初选考察结果公布一个星期后,程风华在家长的陪同下到合肥十中参加定选考核,接受体格检查和心理品质测试。定选考核通过后,还要结合当年中考成绩进行择优录取。当年中考,程风华考出了678分的好成绩,最终如愿以偿地被录取为合肥十中首届海航班学员。

同程风华一样,就读于皖南一所县城中学的甘承

志,从未想到自己有一天会去合肥读高中。

他就读的初中,离自己的家不远。每天上学,他都骑上那辆已经掉了些漆的自行车,伴随着不时响起的铃声,穿街过巷。不到十分钟,他就到了校门口。这时,三三两两的学生陆续背着书包进入校门,经过传达室,折向南面的教学楼。阳光穿透一丛树木,将光影留在了地面;一方水池里,鱼儿嬉戏着。清脆的读书声飘出了教室,而街市的喧闹仿佛被挡在了校外。这所学校也是甘承志的爸爸读过的学校,父子俩成了校友。

小学三年级暑假时,甘承志被他的爸爸送到河南嵩山少林武术学校。习惯了"衣来伸手,饭来张口"的少年,抹着眼泪望着"狠心"的大人走远。在武校的两个月里,甘承志不得不早起,不得不自己洗衣服,渐渐适应没有父母陪伴的武校生活。但这不过是甘承志求学过程中的一次短暂离家,像是一次测试与体验。更长时间的远离,于六年后悄然抵达。

中考之前,甘承志得知合肥十中2019级海航班招生,既感到好奇,也有些心动。基于自己的喜好与平时文化课成绩,甘承志觉得自己如果考入合肥十中海航班,将来就有可能成为著名大学"双学籍"培养的一名学员。而驾驶战斗机飞翔在高空,那更是自己梦寐以求的事。这些念头在他心里,他越想越激动。

甘承志的爸爸妈妈知道他的想法后,都同意他试一试。与甘承志同年级的几个学生,也报名参加了合肥十中2019级海航班招生选拔。最终,仅甘承志一人通过了考核。

来自皖东一所中学的邵一航,与程风华、甘承志报名海航班的想法类似。在初三冲刺阶段,邵一航也是听了班主任的介绍,动了心,报名参加了合肥十中2019级海航班招生选拔。后来,邵一航得知全年级仅他一人报名。怀揣着憧憬,邵一航相继通过了初选考察、定选考核,加之中考成绩符合要求,他顺利地进入了合肥十中2019级海航班。

刘东鸣本是皖西人,因为父母都在皖南的一个县城工作,他便跟随父母到了皖南,在当地读书生活。2019年,合肥十中海航班招生老师来到他就读的中学,推介合肥十中承建的安徽省海军青少年航空学校。刘东鸣跃跃欲试,在与父母沟通后,他坚定了报名参加选拔的决心。当时报名的,除了刘东鸣,还有同年级的一些学生。定选考核时,刘东鸣遇到了程风华,两人被分在同一组,很是投缘。经过严格的选拔,刘东鸣也顺利成为合肥十中2019级海航班学员。

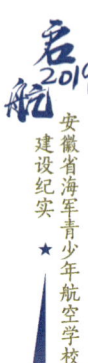

杜啸远报考合肥十中2019级海航班的缘由,不同于程风华、甘承志等人。杜啸远从小对飞行感兴趣。2019年4月,杜啸远得知,如果考上合肥十中海航班,以后就有机会驾驶战机,他就想着要报考合肥十中海航班。但这不是他想报考合肥十中海航班的全部缘由。

促使他报考的,还有一个存于内心的小秘密。当时,杜啸远正偷偷地喜欢同班的一个女孩子,要是自己能考入海航班,继而进入军校、当上飞行员,那就可以显示自己的不同凡响,引起她的注意,甚至是崇拜。

"妈,我想报考合肥十中海航班。"回到家后,杜啸远将自己的打算告诉了妈妈。"这是好事啊,我相信你可以的。"杜啸远的妈妈回答得毫不犹豫。实际上,她已经了解到,合肥十中海航班招生实行计划单列,报考这个班不影响孩子报考其他高中。这意味着孩子多了一次选择的机会。也就是说,即使杜啸远考不上合肥十中海航班,他还可以报考其他高中。本来她就想同孩子商量报考合肥十中海航班这件事,现在孩子主动提出来,她正好顺水推舟。

对于孩子的学习,杜啸远的妈妈一直很用心。由于家长工作的变动,杜啸远曾在淮南、深圳、合肥三地读过幼儿园。当杜啸远回到合肥读初中后,他的妈妈毅然辞掉所在的公司的高管职务，一门心思陪读。

不过，杜啸远的妈妈并不知晓儿子心中的小秘密，认为孩子生性调皮，要是被合肥十中海航班录取，将来就有可能上军校，接受更严格的训练，这更有利于他的成长，自然就同意他报名。

杜啸远报了名，经过层层考核，如愿考入合肥十中2019级海航班。经过一段时间的学习、训练，尤其是在班主任马晓梅的引导下，杜啸远逐渐提高了思想认识，意识到了自身存在的一些问题。

2019年6月，合肥市瑶海区一所初中的校门口张贴了一张鲜艳的喜报，引起了人们的注意。这张喜报上有杨天翼、周成林、周明三人的名字。同一所学校的三名学生，同时被录取为合肥十中2019级海航班学员，十分少有。

报考合肥十中首届海航班，学生除了自身条件适合外，得到家人的同意与支持尤为关键。

2019年4月，看到合肥十中2019级海航班招生简章，杨天翼的爸爸、妈妈与其他学生家长一样，向老师打听情况，而后，就有了倾向性的意见。

那天，杨天翼回家后，一场家庭会议便开起来了。大人们都认为杨天翼适合到合肥十中海航班读书。他如果能考上这个班，就将延续整个家庭与军

人的深厚缘分。杨天翼的爷爷曾是武警战士,爸爸在东北当过兵,他们对杨天翼参加合肥十中海航班选拔,自然抱有希望。

这时的杨天翼已有一米七的个头,体质一向较好,但他觉得合肥十中海航班的招生要求高,对于自己能否被选上,心中并无多少把握。不过,他还是按照家人的意见报了名。

周成林与杨天翼来自同一所学校,他在报名参加合肥十中2019级海航班选拔时,也得到了家人的支持。当时已经临近中考,周成林的爸爸看到了家长群里发的海航班招生资料,对照相关条件后,就觉得自己的孩子可以去报考。

与杨天翼的家庭情况类似,周成林也有浓厚的"军缘"。他的爸爸曾在北京当兵,这是他从小就引以为荣的事情。他的爸爸转业回到合肥后从事法律相关的工作,一直保持着严谨、踏实的做人做事风格。

中考结束后,周成林前往合肥十中报到。在与学校签订培养协议时,他认识了来自同一所学校的周明。两人格外欣喜,向对方说了自己的情况。这时他们才知道,两人也是小学的校友,但直到初中毕业都未有交往。现在,因为共同的选择和梦想,他们再次走到了一起,成为同学、战友。

大风吹来,镇上扬起了一阵灰尘。这是位于皖北的一个近五万人的镇子。一条陈旧的水泥路将两旁的店铺隔开,高高低低的建筑极富年代感,人们进出超市、油坊、饭店,或在地摊上挑选百货。早晚人头攒动,往来车辆不得不放缓速度,喇叭声时有响起。中午时分,整个镇子比较安静,从巷子里窜出来的风扑打在几个嬉戏的孩童身上。刘胜海的家就在这个人来人往的街道西边,他就读的学校位于镇子南面,离他家不远。

2019年4月,合肥十中的老师到当地开展海航班招生宣传。刘胜海当时就很动心,毕竟,自己要是能考上,就读期间不但不用交学费、住宿费,还能获得学校发放的生活补贴。

这一年,刘胜海所在的学校,初三年级共有五人报考,只有他与另一名学生通过了初选考察。定选考核时,刘胜海在家人的陪伴下坐火车到了合肥。定选考核安排的测试,刘胜海一一通过。综合中考成绩,该校当年仅刘胜海一人被录取到合肥十中2019级海航班。

刘胜海的班主任得到喜讯后,同刘胜海的爸爸打趣道:"你们家祖坟冒青烟了。""谢谢您培养,孩子也争气,我们就省心了。"刘胜海的爸爸回答得很实诚。左邻右舍并不清楚合肥十中海航班的情况,听

说去那里就读的学生将来可能会驾驶战机,都一个劲地夸刘胜海有出息。

刘胜海一家沉浸在无比喜悦的氛围中。为了挣钱养家,刘胜海的爸爸、妈妈吃了不少苦,一个曾在镇子附近的工厂打工,一个得空就挑菜到集市上贩卖。儿子能够进入合肥十中2019级海航班,不仅免收学费,而且很有前途,这让他们大大松了一口气。

三年后,刘胜海考上了中国人民解放军海军大连舰艇学院。这一结果虽然与当初的预想不一样,但刘胜海一家同样感到特别开心。在皖北的这个镇子里,一个普通家庭的孩子能考上知名的军校,不亚于一条爆炸性新闻。当然,这是后话了。

与刘胜海年龄相仿的任振兴,其家境与刘胜海类似,而且两人同在一个县。只不过,任振兴的家在另一个镇子。任振兴被录取为合肥十中2019级海航班学员后,这一喜讯同样在整个镇上传开了。

任振兴同学家长:

你的孩子任振兴同学立志飞行,报效祖国,测试成绩优异,身体条件合格,正式录取为安徽省海军青少年航空学校2019级学员。

衷心感谢您的培养,特向您报喜。

2019年的夏天，正在家中看书的任振兴意外地收到了这份喜报。当时，他的初中母校派出了一支报喜队。由校领导、年级部主任和班主任等人组成的报喜队，将学校和镇政府给的奖励一同送到了任振兴的手中。

来来往往的人们注意到，阜阳市颍上县夏桥镇中心学校门口挂有一块锃亮的铜匾，上面刻有"安徽省海军青少年航空学校优质生源基地"字样。

"在输送苗子上，有的地方至今未有突破。这所学校却比较出色，接连有学生被录取到合肥十中海航班。"提到夏桥镇中心学校，徐亚飞由衷"点赞"。

2019年4月，接到教育部门发布的合肥十中海航班招生文件，夏桥镇中心学校的胡校长意识到，这个海航班非同一般。

无论是作为一线教师，还是作为学校管理者，胡校长一直充满着干事的激情，决策、行事都非常果断。这一次，他的行动同样迅速。胡校长将初三年级学生及相关老师组织到一起，介绍了合肥十中2019级海航班招生要求。随即，摸底与报名工作就在整个学校展开了。

从2019年到2022年，颍上县为合肥十中海航班输送了11名学员。其中，夏桥镇中心学校共有四名初三应届毕业生被录取为海航班学员。这样的情况

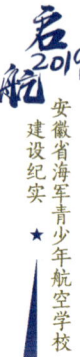

在全省范围内都比较少见。

又是一年招生季，合肥十中海航班的招生宣传工作依然在紧锣密鼓地进行。

2023年4月12日，在徐亚飞的带领下，合肥十中海航班招生宣传工作小组赶往颍上县。当天，颍上县2023年海航班招生专题工作会议召开，包括各乡镇中心学校负责人在内，共50多人参加了会议。现场播放了安徽省海军青少年航空学校宣传片，而后，由时任安徽省海军青少年航空学校海航部主任的徐亚飞介绍学校建设背景和发展现状。

在这次招生会举办时，胡校长已担任颍上县委教育工委委员。面对台下的各乡镇中心学校负责人和有关老师，他一再提醒：本县初中生能够进入合肥十中海航班学习，对他们而言，是一次极为难得的机遇，改变的不仅是学生自己的前途命运，也将会改变他们家庭的境遇，甚至对本地的教育发展都会起到促进作用。他希望那些还没有毕业生考入合肥十中海航班的乡镇中心学校的老师，能以一颗爱才育才之心、以发现的眼光，为合肥十中海航班选送适合的苗子。

首届海航班招生之初，徐亚飞真切地体会到"万事开头难"。此后的招生工作，最难的时期是2020年。当时人员流动受限，招生工作又刻不容缓，这让他一度寝食难安。

2020年,经安徽省教育厅特批,合肥十中负责海航班招生宣传的老师手持介绍函,到各个县区开展招生宣传工作。由于当时不便进出学校,每到一地,合肥十中的老师在做好个人防护的情况下,借助当地教育部门的会议室,面向各初中学校负责人,介绍合肥十中海航班的情况和招生政策。

2021年,在前两年招生宣传工作基础上,合肥十中组建了海航班招生自媒体宣传团队,建立了包括全省各地市联络员和各个初中学校联络员在内的工作群,利用五一假期举办海航班招生政策咨询会、家长开放日活动等。这些做法,迅速扩大了海航班招生宣传的覆盖面。

从2019年至2021年,合肥十中克服重重困难,顺利完成海航班招生计划。在全国14所海军青少年航空学校建设单位中,仅合肥十中实现预期招生目标。2021年8月,全国海军青少年航空学校建设工作座谈会召开,合肥十中相关负责人应邀在会上作经验介绍。

迄今,由合肥十中承建的安徽省海军青少年航空学校已连续招生六年。在徐亚飞看来,人们以往熟知的是"高三招飞"这一模式,对"初三招飞"是相当陌生的。初三学生尤其是家庭条件一般的学生,若能被招录，他们就多了一项选择，并且不需要为高中学习与生活的费用焦虑。实际上，"初三招飞"与"高三招飞"一样，能为被录取学生的家庭、所在学校乃至当地教育界增添一份荣誉。

"滴水穿石，非一日之功。"制作海航班画册，接受媒体专访，录制短视频，开启网络直播……随着多渠道、立体式宣传工作的全面推进，特别是在安徽省教育厅的支持下，合肥十中海航班招生宣传团队克服困难、细致工作，使得全省各地对海航班的认知逐年提升，招生工作变得越来越顺畅。

分析几年来的招录人数，合肥、阜阳两地的初中应届毕业生被录取到合肥十中海航班的人数，遥遥领先于安徽省内其他地市。相对而言，来自乡镇中学的学生占多数。他们不仅肩负着全家的希望，更将个人前途与时代发展紧紧联系在一起。进入合肥十中海航班后，全体学员在训练和学习中都非常刻苦。

六　初为学员

2019年6月28日，阳光明媚。

一大早，程风华的妈妈就去了菜市场。等她买菜回来后，程风华已经起床了。

吃过早饭，程风华接到了一个电话，是快递员打来的。程风华换了鞋，匆匆下楼。很快，他回到屋内，打开快递，原来是合肥十中2019级海航班的录取通知书。他喜滋滋地将通知书递给妈妈："妈，这是我的录取通知书！""快让妈看看！"程风华的妈妈一听，赶紧拿纸巾擦了擦手。接讨录取通知书时，她的脸上已绽开了笑容。

不一会儿，外出送货的爸爸、人在合肥的姐姐都得知了这个喜讯。

时间飞快，一个多月后，程风华与爸爸坐上了一辆顺风车，他要前往合肥十中报到。路上，父子俩有说有笑。

这年的暑假，合肥十中校园比往年同一时期热闹许多。求真楼的电子显示屏上打出了"欢迎2019级海航班学员"的字样。走近求真楼，程风华看到楼前摆放着一块石头，上面刻的是合肥十中的校训："志存高远，自强不息"。而后，他走过几处宣传栏，宣传栏里有合肥十中的校园文化、名师以及杰出校友的介绍。参加定选考核时，程风华曾在父母的陪伴下来过合肥十中，对于学校有了大体的印象，但当时顾不上细看校园。这次到校后，他终于可以细细打量了。看着校园内矗立的建筑与丛丛绿树，他油然生出欢喜。此时，一群鸟儿正从体育馆顶上飞起，呼啦啦地飞向了高空。想到这就是自己将要学习、生活的地方，程风华的心里生出满满的期待。

暑假，甘承志与家人坐飞机到了北京，专门到北京大学的校园内转了转。这一次简短的研学旅行，对于三年后他填报高考志愿产生了很大影响。被录取为合肥十中2019级海航班学员，甘承志与家人都很开心。家人带他到北京走走看看，多少有点"犒赏"的意思。到合肥十中报到的当天，甘承志也在合肥十中校园内转了一圈。

报到当天，邵一航的爸爸开车将邵一航送到合肥十中。陪着邵一航办完了入学手续后，在邵一航的宿舍，邵一航的爸爸特意对邵一航的三位室友说："你们成为同学、战友，就是一种缘分，要互相帮助，一起进步。"返程前，邵一航的爸爸又对邵一航交代了几句，让他在校期间好好表现。目送爸爸出校门的那一刻，邵一航的心里升起一丝担心：自己能适应海航班的学习与生活吗？

刘东鸣报到入住后,他的爸爸妈妈也是一再叮嘱。看着他们走远的背影,刘东鸣突然鼻子一酸。第一次远离家,远离父母,刘东鸣的心中充满惆怅与不舍。

海航班属于单独编制,主要由海航部负责管理。按照年级编排,程风华与陆续报到的同学被编入了"海航 1901 班"。"19"是指 2019 年,"01"是班级序号。2019 年,合肥十中海航部仅开设了一个班级,所以并无"海航 1902 班"。次年完成招生后,合肥十中海航部于 2020 年开设了两个班,按照首届海航班班级编排方法,便有了"海航 2001 班"和"海航 2002 班"两个班级。此后的海航班班级设置,均以此类推。

自华楼、书华楼、诗华楼,三座教学楼的第一层教室里,留下了一届届海航班学员勤奋学习的身影。

程风华与班上同学入住的是校内的一栋男生公寓楼,名为拿云楼。这个名字隐含着励志的意思。程风华想到人们常说的"少年心事当拏云",在他看来,年轻学子就应该志存高远。

合肥十中海航 1901 班的每个寝室,都被冠以"某某学院"的名号。在程风华看来,这比简单的数字更有意义,也能增加趣味性。比如国强学院、扬帆学院、致远学院等,均含有海航 1901 班学员的

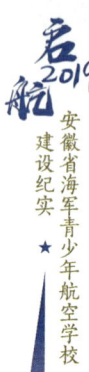

姓或名,寄寓了学生的理想,而学校的德育、美育等工作也得以有机融入,发挥出潜移默化的作用。这样的创意做法,一直延续到今天。

到校没几天,周成林就有些想家了。他的家就在合肥市区,以前他从来没有这种强烈的恋家情绪。周成林怕自己在电话中控制不住情绪,便强忍着,暂时没给家人打电话。程风华得知周成林的心思,就安慰周成林说:"我的家远在山里,要说想家,我肯定更想一些。从现在起,我们就得慢慢接受、习惯离开家的生活,将来还要去更远的地方呢。"程风华嘴上安慰着室友,其实心里也特别想家。

周末,甘承志给家人打了电话,说了自己入校后的训练与学习情况。他的妈妈问了一连串问题:"在校住得惯吗?伙食怎么样?训练时身体吃得消吗?"甘承志一一答复。"一定要听老师的话,注意休息啊!"他的妈妈再三叮嘱他要学会照顾好自己。听到家人的声音,甘承志觉得虽远犹近。之后的每个周末,甘承志都会和家人通一次电话。寒假回家,甘承志还特意给父母买了点礼物。

考虑到学生家长想了解孩子在校的情况,善解人意的马晓梅总是不时拍些学生照片和视频发到家长群,以缓解他们的思念之愁。

很快,马晓梅遇到了一件颇为棘手的事情。

海航 1901 班要安排为期两周的军训,却无现成的军训方案。学校刚聘用的军事教官仅能负责队列训练,从未做过海航班的军训方案。更让人担心的是,马晓梅询问后才知道整个学校都无人做过。之前,学校安排的军训都是由校外教官负责,训练内容相对简单。马晓梅又惊讶又着急:难道自己要来撰写军训方案吗?军训已迫在眉睫,怎么办?善于钻研的精神再次在马晓梅身上展现了出来。她从网上搜集了多套军训方案,结合合肥十中海航班的情况,拿出了一套很有针对性的军训方案。为了丰富海航班学员的军训生活,促进海航班团队建设,加强学员之间的交流,增强班级凝聚力,马晓梅设计、安排了多项拓展训练活动,并从网上买了许多相应的用具。

2019 年 8 月 15 日,海航 1901 班正式开始军训。所有学员都剃短了头发,穿上了迷彩服。

正步是队列训练中较严格的课目,由于走正步时脚向前方踢出,故而也称踢正步、甩正步、拔正步。整齐划一的动作,体现的不仅是海航班学员的外在形象,还有他们的纪律观念与精神气质。

正步训练由军事教官安排。一般情况下,到军训第五天,正步训练就完成了。但海航 1901 班的军训已进行到第八天,正步训练所遇到的问题仍未解决。每次训练时,学员们一而再、再而三地出现走

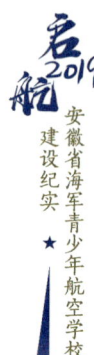

不齐的情况。队列中,有一排学员走着走着就走偏了,被戏称为"顺拐连"。

眼瞅着训练效果不理想,着急的马晓梅晚上睡不着觉,思索着其中的缘由,并连夜从网上搜集资料,想找到合适的训练方法。

次日,顶着炎炎烈日,马晓梅带着海航班学员在操场的跑道上用粉笔划出十道白线。按照要求,踢正步的步幅约为75厘米。全班学员以小队为单位练习正步,每个小队由四人组成。白天训练时,每个小队的成员都必须戴上眼罩,进行"盲训",以便形成肌肉记忆。为了确保训练效果,马晓梅还设计了一套考核办法,即从第一道白线到第十道白线,学员踢正步时每踏准一条白线得一分,得到六分才算合格。若小队中有一人不合格,整个小队的正步训练就不合格。这样一来,各个小队都铆足劲开展训练,全班学员很快就把正步踢得有模有样了。

在烈日下的每一分钟,海航班的学员都经受着考验,每位学员的皮肤都被晒得黑黑的。

杨天翼的父母从小就对他严格要求。杨天翼很早就能把自己的生活起居安排得井井有条。即使如此,进入合肥十中海航班后,他还是觉得自己有些跟不上节奏。初三结束后的整个暑假,杨天翼基本上处于"躺平"状态,到了海航班后,他第一次接受严格的军事化训练和管理,整个人绷得紧紧的,他的心里竟生出些抵触情绪。

军训的那段时间,杨天翼常被室友催促着才能起床。训练过程中,他又不时地出现磨蹭的情况,甚至与同学产生了小摩擦。马晓梅发现后,及时找他谈心,提醒他要尽快调整个人状态。在马晓梅的引导下,经过反思,杨天翼意识到,自己如果一直这样放松要求、马马虎虎,肯定不能成为一名合格的军人,那么飞天巡海的梦想也就没法实现了。之后,他对自己的要求严格了起来,不论早晚,也不管天冷天热,都抓紧训练。在一次训练中,他的脚被磨破了皮,但他忍着疼痛坚持到"收工"。之后,杨天翼去校医务室,在校医的指导下独自完成了消毒、包扎处理。

进入合肥十中海航1901班之初,刘胜海比较懵懂,不大清楚自己将来究竟要走怎样的人生道路。军训开始后,他第一次接受这样严格的训练,才知道这与以往的学习、生活经历大不一样。以后自己会不会受约束?心中存着疑惑,他有意识地翻阅相关书籍,以了解军校的情况。

军训的那段时间,太阳火辣辣的,训练场上暑气蒸腾,杜啸远感觉脸上的汗水淌不尽似的。尽管训练的艰苦超出了他的想象,他仍咬牙坚持着,从没想

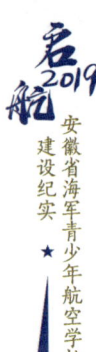

过中途"出局"。

在军训期间,海航班学员收到了一份特殊的礼物——每个人都拿到一本《长征》。这本书是由军旅作家王树增创作的纪实类文学作品。

2019年8月16日下午,当51名学员全部进入海航班教室后,马晓梅首先为他们作了题为"内驱力的形成"的思想道德教育讲座。随后,学员们集体观看眼保健操教学视频。最后,马晓梅带领海航1901班学员开展"共读一本好书——《长征》"活动。

马晓梅环视了一下教室,朗声说道:"阅读《长征》是全班学员守纪律、讲服从的重要一课。既然要看书,就不能浮皮潦草,要沉下心,在阅读中体会革命先辈的理想信念,学习他们的英勇无畏精神,了解当年他们在行军打仗过程中作出的决策、选择。"为了防止学生跑题,马晓梅特意作出提示:在红军长征途中,发生了许多可歌可泣的故事,尤其是四渡赤水,在运动战中寻找战机、把握战机,取得了战略转移中具有决定意义的胜利。这些都需要海航班学员去消化、理解。

在阅读《长征》时,刘胜海觉得,书中涉及的历史人物众多,自己看得眼花缭乱,一时沉不下心。起初,程风华以为这只是一次寻常的课外阅读安排。随着马老师的引导和阅读的深入,他才明白这与以往的阅读有所不同。邵一航觉得,马老师倡导的这种阅读,有着很强的针对性、启发性。经过马晓梅的指点,邵一航将《长征》中涉及的历史事件与当时的时代背景以及当下的生活都作了关联,以便能够深入学习与理解。与邵一航的感受类似,到合肥十中海航班学习之前,何嘉文从未参加过这样的专题读书与分享活动,阅读、讨论《长征》,让他体会到马老师用心良苦。

在学生阅读《长征》的过程中,马晓梅组织了多次讨论会。有一次,针对书中描写的一种临战状态,即侦察小队面对突发的紧急情况,是选择继续侦察还是立刻攻打,全班产生了争论。马晓梅耐心地观察、聆听,眼见讨论达到了预期效果,便提出了自己的看法。她认为,继续侦察属于遵守命令,立刻攻打则是随机应变,要根据当时的情况进行研判,尽量保存我方力量。通过讨论,海航班学员都觉得看问题的思路比以往开阔了。

一本书引发了海航1901班学员的思考,也为初入海航1901班的学员带来了交流的话题。通过此次阅读、讨论,合肥十中海航1901班学员用心感受先辈们炽热的革命理想与坚定的信念,对长征精神的学习与理解更加深入。

马晓梅还向海航1901班学员讲解了王阳明所倡

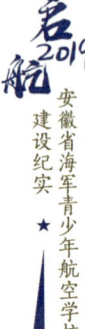

导的知行合一。面对脸露稚气、眼神里充满期待的学生，马晓梅告诉他们，无论现在或者将来读了多少书，都要通过实践去体悟、领会。

早在筹备军训时，马晓梅就在思考着"服从"这一关键词。

"部队为什么要求一切行动听指挥，服从是目的吗？"马晓梅抛出问题。教室里，一片安静。见学生们若有所思，马晓梅鼓励道："只要用心想了，说出来，即使错了也没关系。"在她的引导下，陆续有学生举手，要求发言。有的学生说："这是纪律规定。"还有学生说："是集体行动需要。"

要求刚踏入高中校门的学生讲服从，马晓梅觉得，这近似于家长对孩子说："你一定要乖啊。"马晓梅从来不要求自己的女儿"一定要乖"，而是会问她为什么这样想。马晓梅认为，孩子长大后会有自己的想法，个性会越来越鲜明，不是父母讲什么孩子就会听什么。

马晓梅的女儿小时候非常调皮。玩泥巴时，她会将茶叶罐中的茶叶倒掉，用空罐子来装泥巴。有时，她在房间的墙壁上涂涂画画，留下斑斑点点。马晓梅并未因此责怪女儿。毕竟，调皮、爱玩是孩子的天性。当时出于对生命的尊重，也为了让孩子更好地成长，马晓梅一再搬家，犹如孟母三迁，为孩子选择较为合适的成长环境。尽管如此，马晓梅还觉得不够，她要着重培养孩子的独立意识。有一次，马晓梅有意让六岁的女儿独自从家里去往少年宫，而自己则远远地跟着、观察着。女儿走着走着就放慢了脚步，她没有慌乱，先是四处张望，看到了一个带着孩子的年轻妈妈，就主动上前说话，并和她们一同走到了少年宫。将这一切看在眼里的马晓梅，心里多了些欣慰。此后，她多次以悄悄跟随的方式让女儿独自外出，来培养女儿独立解决问题的能力。

从小学到中学，马晓梅从不轻易训斥、批评女儿，也从不强迫女儿按她的意愿做事情。女儿刚读初中时，不能适应新的学习节奏，成绩不理想。马晓梅与女儿交流后达成这样的共识：邀请一位成绩优秀的同班同学与女儿结对子，同吃同住，以便女儿观察并学习同学的做法，养成良好的学习习惯。马晓梅注意到，从周五到周日，女儿的那位同学如平时一样自律，看书、写作业都特别专心。周五晚上，她的女儿的同学做完一份试卷，紧接着又拿出一份试卷，一个晚上连续做了四份试卷。按照以往的情况，马晓梅的女儿会在周日晚上才写卷子或完成其他学习任务。在那位同学的带动下，马晓梅的女儿也开始在周五晚上答卷写题，但每写完一份卷子就要休

息一会儿,到做第四份卷子时,耐心已明显不足,后来好不容易做完第四份卷子,可能因为受了凉,竟然发烧了。

马晓梅的女儿在身体恢复后,不断向那位同学看齐。马晓梅以那位同学为榜样,引导、激励女儿,促使女儿的思想发生了转变。随之而来的是她的女儿的成绩提高了。

"孩子就像一棵树,家长不能替她成长,也不能将她塑造成家长想要的那样。合适的做法就是尊重她作为独立的生命体的个性。"在马晓梅看来,女儿大了就更要尊重她的想法。女儿研究生毕业后,是选择出国留学,还是参加工作,马晓梅与丈夫并不干预。

所以,面对海航班学员,如何讲解服从的重要性,马晓梅想到了一种方式,那便是以对待女儿的心态及与女儿沟通的方式,与他们交流心得体会。军人为何以服从命令为天职?马晓梅与海航班学员分享了自己的理解:"部队一旦行军打仗,就要做到指哪打哪,士兵可以有自己的想法,但前提是统一思想认识,这样才能集中力量,形成战斗力。部队的指挥官在领兵时,会从战略、战术层面进行布局,他考虑的是整体利益。而一个连队、一个班的士兵,往往考虑的是具体的、局部的情况。战机稍纵即逝,一切行动必须听指挥，才能打胜仗。"马晓梅想，既然海航班的学生将来要成为真正的军人，在思想上就要比别的班级的学生更能领悟这一点。

经过学习、讨论，初入海航班的学员逐渐懂得了马老师的用意，对如何从普通学生向预备军人的角色转换有了比较准确的认知，同时明白了服从的重要性，意识到"服从"不是简简单单的两个字，而是体现了责任心与主动性。

趁热打铁，马晓梅还与学生分析了将强兵弱、将弱兵强的关系。在讨论的尾声，马晓梅再次启发学生："你们未来要成为飞行员，角色定位不仅仅是士兵这么简单。飞行员既是驾驶员，也是战斗员、指挥员。你们开着飞机在空中飞行时，塔台下达的指令是基础性的，关键还是要你们自己做决定。每一个瞬间都不一样，有时候很难预料突发情况。一个人就相当于一个作战的队伍，体现的就是战斗力，需要个人快速地作出判断，这甚至可能会决定一场战争的输赢。所以，飞行员需要把握战机。这就要求大家从进入海航班学习开始，培养领导意识、观察能力与临时决策的魄力。"

除了"服从"，马晓梅提得较多的词汇，便是"自律"。在军训以及此后的班会、晚自习中，马晓梅时常选些案例予以剖析，将理论融入事例中，"言

教"与"身教"并重。邵一航还记得,以高分考上电子科技大学的一位学长,应邀给全年级学弟学妹写了一封信。信中,这位学长提到,上大学后自律尤为重要,如果不自律,可能就会随波逐流、一事无成。学长的来信,如石子投湖,在邵一航等人的心头激起了浪花。

在学员军训期间,马晓梅除了忙于日常工作,还加大了自己的阅读量,翻阅了不少书籍、文章,并继续搜集、观看一些军旅题材的影视剧、纪录片,以加深对海航班学员教学与班级管理的思考。

军训结束后,合肥十中海航1901班学员很快迎来"开学第一课"。

2019年9月3日,合肥十中校园里洋溢着喜庆、欢乐的氛围。当天上午,"海军青少年航空学校开学第一课暨安徽省海军青少年航空学校揭牌仪式"在合肥十中举行。这被视为合肥十中发展历程中的一件大事,也是合肥乃至全省教育界的一件喜事。

时任合肥十中党委书记、校长胡焰根主持了活动。在安徽省海军青少年航空学校揭牌仪式之后,海军青少年航空学校"开学第一课"正式开启。这堂课安排的是面向全国海军青少年航空学校学员的视频直播,全程两小时。

虽然海航1901班学员接受了半个月的军训,但马晓梅总觉得这帮孩子身上还是少了些什么。为了让海航1901班学员能在"开学第一课"上展现出应有的风采,马晓梅特意从校外请来一位理发师,利用午间、晚上休息的时间给每位学员理发。

当天,海航班学员坐在学校图书馆五楼报告厅里,个个挺直了腰板。程风华听得很入神,虽然坐久了臀部有些僵硬,但他仍然一动不动,其他同学也都保持着端坐的姿势。"每个孩子的眼里都带着光,那种光是炽热的、纯粹的,可以看出他们心中鼓荡着集体荣誉感。"那一刻,马晓梅更坚定了心中所想,就是尽一切可能带好这个班级,让更多的学员能够实现梦想。

开学前,马晓梅就开始考虑海航班的班会课。毕竟,这个班与自己以往所带的班级不同。那些天,马晓梅但凡想到与班会课相关的内容,就随时记在手机或笔记本上。临近首次班会课,对于班会课的主题、事项与流程,她已经准备得比较充分了。

2019年9月9日,合肥十中首届海航班开了第一次班会课。徐亚飞受邀参加,当时他还兼任学校团委书记。班会课上,学员们除了观看共青团历史资料片,还聆听了徐亚飞所作的报告。报告内容涉及班级团支部书记、团支部组织委员及宣传委员的职责。随后,按照程序,海航班学员推荐团支部委员

人选。很快,海航班就组建了团支部。

此外,班会课上还安排阅读《人民海军》报。按照马晓梅的设计,今后每周一次的班会课都要开展以阅读《人民海军》报为主的读报活动,为的是让海航班学员及时了解国家大事和海军发展情况,同时可以借此学写新闻稿,提高学员们的阅读理解能力和写作能力,扩展知识面。

首次班会课上,令海航1901班学员感到"烧脑"而又热血沸腾的,便是马晓梅讲解的人生"三不朽"。这当中就融入了德育。

马晓梅在黑板上一笔一画地写下"立德、立功、立言"六个大字,然后点明这是古圣先贤所言的"三不朽"。"立德"是指在道德操守上有所垂范;"立功"是建功立业;而"立言"则是将真知灼见形诸语言文字,著书立说,传于后世。无论"立德",还是"立功""立言",都是要超越个体生命的局限,追求人生的不朽。

就"三不朽"这个话题,马晓梅发动全班学员进行讨论,并现场随机询问了一些学员的想法。从他们的发言中,马晓梅知道这个话题激发了他们的兴趣,便引导他们在宏观层面上进行深入思考。总结这场讨论时,马晓梅动情地说:"等到某一天,你们会发现,这六个字多么朴素而又精辟。从入学开始，就要树立大局观，要将个体的能量尽可能释放出来，与时代同步，做一个学有所用的人才。"

班会课上，马晓梅还就增强团队意识等话题与学员们进行了交流。马晓梅将海航1901班看作一个"家庭"，希望全班学员在这个"家庭"里，都能提高自身修养，做到明事理、知善恶，共同学习、相互促进，一起管理好这个集体。

"凡事预则立，不预则废"，这堂经过充分准备的班会课，让全班学员都感到受益匪浅。在此后的班会课上，马晓梅依然不拘形式，开展了读书会、学习经验交流会、辩论赛等主题活动，尽力拓宽学员们的视野，引导他们进行多角度思考与分析。

七 创新之举

马晓梅在合肥十中海航1901班倡导并践行的"五育"并举的互交式管理模式,其本质是响应号召,促进学生德、智、体、美、劳全面发展,强调"五育"中队和各小队以及德育班的成员之间,实现"你中有我、我中有你"和"你管我、我管你"的互相交换角色、互相融合共进的管理模式。

对于合肥十中海航1901班学员而言,这样的管理模式让他们每个人"置身其中",在班级管理上拥有充分的知情权、参与权、选择权和监督权,能够全程参与班级管理和班级制度建设。"这套管理模式令人耳目一新,具有很强的时代性、科学性和实践性,大大激发了首届海航班学员的积极性和创造力,为合肥十中承建的安徽省海军青少年航空学校建设积累了宝贵经验。"合肥十中校领导对此给予高度评价。

在具体实践中,马晓梅采取的是循序渐进的方式,以便及时观察、调整和完善管理模式。

开学不久,合肥十中海航1901班被分成十个小队,每个小队以寝室为单位,大都由四个人组成。小队长由各小队内部商议、推荐产生,德育班班长则由小队长或队员轮流担任。

经过一段时间的交流，合肥十中海航1901班的全体学员，由一开始的陌生变得彼此比较熟络了。同时，每个人的个性、习惯逐渐显露了出来。

2019年11月，根据学生德、智、体、美、劳全面发展的要求，合肥十中海航1901班被分成五个中队，分别为德育中队、智育中队、体育中队、美育中队、劳育中队，并相应地选出了五位中队长。

每个小队的队员必须加入不同的中队，相当于各小队队员被分配到各个中队。有的小队队员可能会被分配到两个中队，这样就出现了两种"身份"，体现了交叉关系。

被分配到智育中队的十几名学员均为各科课代表。课代表尽量被平均分配到每个小队，旨在加强对各小队队员学习的引导。这也体现了海航1901班管理工作的均衡性、实效性。智育中队长会经常就班级学习方面的问题召开智育中队成员会议，收集由智育中队成员带来的各小队意见，再由各成员将会议形成的统一意见带回到各小队。如此一来，海航1901班就形成了解决学习问题的相关方案，并做到了全员参与、人人支持。在此过程中，马晓梅时时、事事观察、调研，与班级五名中队长保持沟通、交流，及时予以指导，把握大的方向和原则，确保方案或举措能够取得实际成效。

合肥十中海航 1901 班德育中队的成员基本是各小队的小队长。德育中队成员起草班级管理规定后，先由德育中队长申请召开中队长会议，对起草的班级管理规定等进行商讨、表决。通过后，再反馈到班级，由全班学员举手表决，原则上必须全票通过才可进入实施阶段。当然，并非所有的新规定或新方案都能让全班学员一致认可，总会出现一些不同的声音。在这种情况下，德育中队成员需要在各小队内部进行反复调查、交流和劝导，最后作出全体成员一致同意的决策，这体现了"最大公约数"和集体智慧。正因为德育中队成员在决策过程中进行了民主协商，所以后期执行时才有良好的效果。在具体实施中，一旦发现存在问题，德育中队长和德育班班长可随时启动调整和补充的程序。这样一来，整个海航班的班级管理体系包括每一个方案、举措都变得富有生命力。

各个小队并非一直处在管理的最低层级。每个小队轮流值周，值周的小队为德育班的管理团队，其中一人为班长，其他三位为副班长。轮流值周时，德育班班长成为当周班级管理人，由他带领德育班三位副班长，负责值周时间内的班级管理工作，具体到班级的对外交流、协调工作，以及作业收交、卫生检查和考勤等内务工作。同时，他们还要对班级学员的一周表现予以量化考核并作出提醒。

因为轮流值周，合肥十中海航1901班的每位学员都有机会成为德育班成员。起初，有的德育班班长不善于协调，在下达指令、分配任务上也不够精准，引起班上不少学生的议论，甚至与个别不认可、不服从他的同学产生了矛盾。对于这种情况，首届海航班成立的中队，就会发挥出自身应有的作用。

中队是班上专项人才相对集中的团体。按照马晓梅的设计与安排，五位中队长会商形成的决定，由他们向各中队传达，各中队成员则要传达到各自所在的小队，各小队负责执行，执行后再反馈到中队。各中队长既有明确的分工，又团结协作，将要求层层传达，细化到人。其他学员若对德育班班长有意见，可以向其所在中队的中队长申诉，也可以直接找班主任反映问题。一般情况下，学员会找中队长提出自己的意见或反映有关问题。针对这些意见、问题，中队长集中会商，拿出具体解决方案，并按照流程进行传达、回应。

马晓梅认为，班级管理者要承担多少责任，就需要给予相应权力。为了更有效地解决学生对德育班班长存在意见的问题，每过一段时间，马晓梅就会从中队长中选取一人担任海航班副班主任，由他直接受理同学的申诉，协调同学与德育班班长之间的关系。

对在班级管理工作上出现失误或管理方式方法存在明显不妥的德育班班长,予以教育、培训或调整,这是担任海航班副班主任的中队长所拥有的权力与责任。不过,他只能私下作出有针对性的提醒,不可当着全班同学的面公开下达任何指令。

轮值期间,德育班班长可根据需要随时召集中队长开会,对一时拿不定主意的决策,可以向中队长征求意见。 同时,中队长必须服从轮值的德育班班长的调度与安排。 在德育班班长完成当周轮值后,其他学员接替他做德育班班长,顺理成章,他就得服从新的轮值德育班班长的管理。

在"五育"并举的互交式管理模式中,德育班会议、中队长会议、各中队成员会议、各小队成员会议,可将相关决定层层传达,也能及时收集、汇总学员的意见,充分体现了班级管理的民主、集中和高效。

事实上,在推行"五育"并举的互交式管理模式之初,少数学生家长并不清楚情况,一听说自己的孩子要当德育班班长就坐不住了,联系马晓梅,请她考虑调换德育班班长,由其他学生来担任。

在与学生家长交流后,马晓梅很快明白了他们的顾虑。 原来他们担心自己的孩子一旦参与班级管理,就会得罪其他同学,更担心孩子因此分心,耽误文化课的学习。面对不明就里的家长，马晓梅没有敷衍了事，而是耐心地与家长沟通、解释，让他们了解推行"五育"并举的互交式管理模式的大体做法和主要目的，引导他们比较全面地思考班级管理与孩子成长的关系。此后，不断有家长吐露心声，认为自己的孩子在合肥十中海航1901班学习、成长的过程，也是作为家长的他们，与海航班学员同步提高认识、同频共振的过程。

在马晓梅看来，每一个孩子的品性、认知与其家长的品性、认知密切相关、无法分割，要促进学生发展，就必须做好家长的思想工作，只有得到家长的配合与支持，才能形成帮助、引导学生成长的强大合力。

那段时间，马晓梅忙前忙后，费力劳心，一度担心自己的身体撑不住。

"每个人都可以当班长，每个人都可以参与班级管理。"听到马晓梅这样说，杜啸远不由得心中一喜。

然而，首次轮值德育班班长那天，杜啸远就感受到了压力。他感觉肩头沉甸甸的，同时心里也多了一份责任。他清楚自己因为爱玩爱闹，从入校时就不大受同学的欢迎，现在要改变他们对自己的印象，在轮值期间就得认真履行德育班班长的职责，尽力把自己该做的事情做好。为此，他专门买了笔记本，将自己每天要做的事情都记下来，以便提醒自己并作好总结。在轮值德育班班长的过程中，杜啸远发现涉及班级内务扣分、纪律扣分的规则尚不够精细，存在随意与不统一的情况。他记下了自己注意到的情况和个人的思考，并决定向班主任马晓梅反馈自己的心得体会。

一天课间休息时，杜啸远拿着记得满满的笔记本去找马晓梅。走进马晓梅的办公室，杜啸远看到马晓梅正与班上的一个同学说话，于是返身准备离开。马晓梅瞧见了杜啸远，当即叫住他，问他有什么事，杜啸远便将笔记本递给马晓梅，简要地说明了自己的想法。马晓梅听后，点了点头，提醒他可以按照程序召开德育班会议和中队长会议，以便取得全班的支持。杜啸远依言而行，借助集体力量，进一步细化了部分扣分细则，这让他获得了前所未有的成就感。

与杜啸远一样，在轮值德育班班长时，周成林才真正体会到，马老师力推的这种管理模式确实可以磨炼人，并且能让班上同学都得到平等的锻炼机会。周成林同样有心，他将自己轮值期间所做的事、遇到的问题、改进的建议都一一写下来。轮值的一周时间很快就结束了，当周的周日上午，周成林与德育班的几位副班长，与下一周轮值的德育班管理团队进行交接。周成林在交接时分享了个人的记录与体会，以供他们轮值时参考。

首次轮值德育班班长时，刘胜海心里有些忐忑不安，生怕自己不能胜任。在轮值期间，他逐渐明白了马老师推行"五育"并举的互交式管理模式的用意。后来，考入知名军事院校的刘胜海，对这一管理模式有了更深的体会："合肥十中海航1901班的班级管理模式，在某种程度上巧合地对应、衔接上了军校的管理，这让我很快适应了军校的训练与学习节奏。所以，真的很感谢马老师。"

轮值期间，如果德育班班长或副班长在当周表现较差，就会引起随后轮值的学员的注意，他们会想方设法作出调整，避免收到"差评"。为了取长补短、相互促进，学员之间常常会交流彼此的轮值经验、体会。作为班主任，马晓梅主要通过观察、分析，适时引导学员做好班级工作的统筹安排，提升每个人的组织、管理能力。

马晓梅一直坚信：每一个人从出生开始，内心都存在一个"小宇宙"，有着许多值得发掘的东西，只不过受到多种外在因素的影响，这些潜能暂时被遮蔽或未被发现。人本身存在着被尊重的需求，一个学生再怎么调皮捣蛋，哪怕文化课成绩很差，一旦被推到台前，让他做中队长或小队长，将聚光灯打在他身

上,就有可能将他内心的积极因素激发出来,促使他调整状态、改变自己,以便让自己得到认可。

马晓梅始终认为,作为班主任,需要有大格局,要有足够的耐心与包容心。如果一个班主任采取的是简单粗放的教育管理方式,对待屡次犯错误的学生,他可能就会失去耐心,产生失望的情绪,乃至放弃学生。事实上,即使同一个班级的学生,他们接受同样的教育、训练,也会有不同的情况。有的学生入校一两个月后,就会出现可喜的变化,有的则需要较长时间,才会出现质的变化。"对于每一个学生,我都抱以希望,从不轻言放弃,这是我对自己感到比较满意的地方。"马晓梅觉得培养学生如同雕琢玉石,必须下足功夫,融入真情。在担任合肥十中海航1901班班主任的三年中,马晓梅对待每一位学生,都尽可能地做到耐心陪伴、细心观察和及时点拨。

海航1901班学员争分夺秒。不知不觉中,高一第一学期就到了尾声。

放寒假前,马晓梅就在考虑学员的假期安排:海航班毕竟是一个特殊的集体,学员假期回家后,不能放任自流,除了督促他们合理安排学习外,还必须提醒他们注意保护视力、坚持体能训练。他们在校期间,每天的学习与训练都有人督促,而一旦放假无人督促，他们就容易放松要求、自我懈怠。如何"延长手臂"，实行"空中管理"，让学生在假期里也能有人督促，保持良好的学习、生活习惯？马晓梅思来想去，觉得可以按照中队、小队这种分类方式建立QQ群，以保持动态联系，起到督促的效果。她找来班级的几位中队长，与他们作了一番沟通，形成一致意见后，各中队长迅速分头落实。很快，中队群、小队群都建立了。

按照要求，放假回家的海航班学员每天都要通过QQ群"打卡"。以小队为单位，各小队成员在小队长处"打卡"，即报告自己假日中每天的学习、训练情况，小队长在五位中队长处"打卡"，中队长则将"打卡"截图发送到中队群里。

因为疫情，海航1901班学员的假期不得不延长，直到次年五一后，全班才恢复线下教学。那段时间，上网课时，海航1901班的中队、小队通过相应的QQ群及时转发学习要求、班级管理信息，提醒学生即使"宅"在家中，也不能放弃锻炼身体，尤其要注意保护视力。

2020年春末夏初，同其他班级的学生一样，海航班学员纷纷返校。久别重逢，学员们彼此之间问候着、打趣着，重新进入正常的学习节奏中。

在推行"五育"并举的互交式管理模式的过程

中,曾出现一段小插曲。有一天,正是大课间休息,轮值的德育班班长看看左右,见无人注意,就从书桌里拿出一张纸,开始在上面写字。原来,他发现一名同学的座位底下有一个纸团,按班级管理规定,这是要扣分的。"因为我们是兄弟,得照顾着你,帮你捡了废纸,也没扣你的分!"写完这张纸条,他便将纸条折起来,塞给被他"照顾"的那位同学。无巧不成书,班主任马晓梅正好路过教室,看到了这一幕,便将纸条收了回来。

偶然间的这一发现,引起了马晓梅的思考:如何妥善解决班级管理中存在的"人情照顾"问题?她将当周轮值的德育班管理团队成员以及中队长、小队长找来谈话,就发现的情况和存在的管理问题进行讨论、沟通,商议解决方案。马晓梅告诉学员们,真正的战友情、兄弟情,是彼此提醒、互相督促,不能违反班级管理规则,一旦发现对方存在问题或不好的苗头,就要出于真心帮助解决、纠偏,而不是谈些虚情假意。

"不扣分并不是真心爱护,而是包庇和纵容,是变相的害人而不是利他。""今天不扣他的分,明天不扣你的分,班级管理制度就形同虚设,毫无意义。大家都愿意待在一个管理秩序混乱的班级吗?这样的班级有利于你们的学习与成长吗?"马晓梅一连串的话语可谓振聋发聩，让参加集中谈话的德育班管理团队成员、中队长和小队长意识到了问题的严重性，特别是违规"照顾兄弟"的那位德育班班长，主动认了错，表示自己要深刻反省。

为了集思广益，马晓梅将众人商议出的解决方案在全班进行公示，让全班学生继续开展讨论，完善方案。全班对方案形成一致意见后，轮值的德育班管理团队成员便对照方案严格执行。

那一次，被"照顾"的同学以及当周轮值的德育班班长都被扣了分。全班学生还集体签下一份保证书，承诺要遵规守纪。

经历这件事情之后，程风华发现，全班同学没有谁敢在轮值德育班管理团队成员期间，做些"假公济私"或"公报私仇"的"小动作"。即使有同学想抄别人的作业都很难，因为他的身边有一双双眼睛在监督着。久而久之，刚性的纪律化为了海航班学员内心的遵从，也化作了他们改变自我、不断前进的动力。

推出"小老师"，是马晓梅在担任首届海航班班主任期间的又一创新做法。这与20世纪20年代至30年代陶行知提出的"小先生"制，在打破常规教育方式、整合内部资源、激发学生潜能、促进共同成长等方面，似有相承性。

担任"小老师"的不是校外老师,也非校内其他岗位的工作人员,而是合肥十中海航1901班里各科成绩较为突出的学员。他们当中,既有课代表,也有普通学员。

平时,学生对于各科老师的授课以接纳为主,不会轻易提出不同的观点。而面对站在讲台上的"小老师",学生则会放松很多,随时可以提出问题并与之交流,表达自己的不同想法,课堂气氛轻松且愉快。

作为英语课代表,程风华多次担任"小老师"。虽然"小老师"这一角色给他带来了小小的荣誉,但责任与压力也随之而来。"小老师"要为班级做的事情,自然要比课代表更多,也更需要以身作则。作为"小老师",他要给班上同学报英语听写,督促全员背诵英语课文。进入高三后,为了帮助全班同学巩固英语知识点,程风华经常利用班会课,组织英语默写、段落背诵和演讲比赛等。在举办英语演讲比赛时,他会从班级中选出几名英语学习能力较强的学生轮流担任评委,让他们给参赛学生打分、点评。在轻松有趣的氛围中,海航1901班学员不仅学习了知识,还增进了彼此间的感情,获得了全面提升。

除了"小老师",马晓梅还尝试推选"小教官"。这是出自海航1901班的又一新名词、新角色。

合肥十中海航班创办伊始，仅聘请了一名军事教官。待海航1901班学员进入高二阶段，那位教官就要负责训练海航班高一新生。为了将海航1901班学员的体能和军事素养维持在较高水准，马晓梅和五名中队长商量后，决定仿照推行"小老师"的做法，从海航班学员中推选出"小教官"，由"小教官"承担起班级后续训练活动开展的任务。

合肥十中海航1901班带训团队，由体育中队长和五名"小教官"共同组建而成。在体育老师和教官的指导下，带训团队要负责班级学员的日常训练和周末夜训的组织，并对训练进行督查。到了高三，因为学业压力增大，海航1901班学员不再进行周末的军事训练。为确保学员的军事素养，马晓梅与带训团队商议，并征得全班同意，在他们集合去食堂的路上，增加正步这一项训练。尽管去食堂的路很短，每次只有几分钟的正步训练，但日日不辍，全班队列动作的整齐度有了大幅提升。

合肥十中海航1901班自成立以来，受到了极大的关注。这在无形中给合肥十中海航班的管理团队带来了前所未有的压力。曾有人担心，如果过于严苛，这批学员会不会承受不住。不过，这种担心随着时间的推移，变成了满满的放心。事实证明，合肥十中海航1901班学员经受住了诸多考验，他们以

实际行动和表现赢得了好评。

在合肥十中其他班级师生的眼里，海航 1901 班是一个令人刮目相看的集体：他们经受着严格的训练和管理，"站有站相、坐有坐相"，各个精神抖擞、英气勃发。

在海航 1901 班学员高一第一学期期末时，包括合肥十中在内的六校进行联考。海航 1901 班学员的成绩令人欣喜：在合肥十中 28 个高一班级中，海航 1901 班学员平均成绩由入学时的中等水平跃居年级前三，语文、数学、英语、物理、化学、生物六科总分位居年级第一。高一第二学期期末，海航 1901 班学员的九科成绩全部排在年级前列，尤其是理科成绩升至年级第一。进入高三阶段，合肥十中海航 1901 班学员再次参加联考，他们的平均成绩冲到年级第一。

在学习上，合肥十中海航 1901 班学员除了按照课程标准要求完成学习任务外，还要接受航空理论学习、飞行训练等海军航空特色教育。

"首届海航班学员的成长、变化，不是靠一个人或几个人的努力，而是依靠所有团聚在一起的生命。由这些生命激发出的力量是无穷的，也是令人欣喜的。"马晓梅由衷感慨。

"五育"并举的互交式管理模式变动不居，其内涵持续得到充实、延伸。自 2023 年起，合肥十中在海航班管理上，增设了跨三个年级的大队部。大队部的大队长由高三年级的海航班中队长兼任，负责联系学校海航部；副大队长从其他年级海航班的中队长中选出，高一海航班的中队长，基本上作为大队部队员入选。副大队长、大队部队员负责联系各个海航班，及时向大队部反馈各自班级学员的学习、生活等情况，队员之间相互学习、借鉴其他海航班好的做法。大队部的设置和运行，体现了跨年级的互交式管理思路。

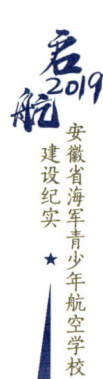

八　一天之内

高一第二学期期末,合肥十中海航1901班举行了一次别开生面的家长会。在家长会上,马晓梅安排了一个特别环节——让学生表演"海航班的一天"。

向来喜欢模仿与说笑的杜啸远,被安排上台表演。面对台下的家长和同学,杜啸远有点紧张,他轻轻吁了一口气,开始模仿老师授课。

"这节课,我绝对不拖堂!"杜啸远站在台上,模仿马晓梅讲话。按照他的表演,"马老师"一开始尚且不慌不忙地讲解着,眼看就要下课,顿时语速加快,就像网上观看影视剧按下了快进键。杜啸远用双手在台上比画着,近似狂舞。他似乎找到了一种表演的感觉,也将台下的同学带入了学习的情境中。

另一名学员任振兴,模仿语文老师同样惟妙惟肖。此外,学员们还表演了早训、内务整理等。

海航1901班几位学员的模仿,明显带有夸张成分,但现场气氛活跃起来了。坐在台下的老师和家长,看着他们的表演,爆发出一阵又一阵的笑声。其他学员也都被逗乐了。

有人觉得意犹未尽,便喊道:"再表演一个!"马晓梅听到后，踩了"刹车"，因为还有其他事情要安排，她不得不喊停精彩的表演。

合肥十中海航 1901 班学员的一天，满满当当，紧张而有序。

大海或风平浪静，或波涛澎湃，海鸥高高低低地飞翔，军舰出没于蓝天与大海之间。这样的画面，常出现在程风华的脑海中。

一日之计在于晨。早上六点，宿舍楼透出雪亮的灯光，一阵舒缓的音乐声响起，紧接着，起床号声回荡在楼层间。前一秒尚在梦乡中的程风华，瞬间弹起了身。此刻，仿佛海潮退去，人又回归到陆地上，行走在密集的人群中。

刘胜海起床时恍惚了一下，但很快定了定心神。刚进校时，他有些不适应这样的节奏，时间长了，渐渐习以为常。

睡意已经遁去，人人争先恐后。"大家抓紧啊，都别迟到了！"小队长一边穿衣服，一边提醒着队员。楼道里，一道道身影晃动着。伴随着急促的脚步声，学员们很快到了楼下，集合并整理队形。口令声一发出，众人就向着操场跑去。

迎着新一天的霞光，程风华觉得不仅是自己，每个同学都像早起的鸟儿，挥动着翅膀，高高飞起来。

程风华觉得，在海航班的每一天，学习、生活乃

至训练都是充实的。在训练方面,整体上做了精心安排,军事训练、特色训练与体能训练相辅相成。学员每天有三训,包含早训、课间训、晚训,以体能训练为主;每周的周末夜训,以军事队列训练为主。到高二阶段,海航班学员增加了滚轮、旋梯、平衡木等特色训练和飞行模拟训练。在此基础上,海航班还开设了两节体育课和一节游泳课。这些都是海航班学员的必修课,是他们必须要坚持的训练项目。

每天早晨,合肥十中的操场上,总会回荡着响亮的号令声、铿锵有力的脚步声。整齐的学员队列与铺展在天际的绚烂朝霞,组合成一幅生机勃勃的晨练画面。随着时间的推移,海航1901班学员习惯了早训,一日日的训练,让他们的身体充满了力量。

在连续跑了两圈之后,全班整队回宿舍洗漱、整理内务。内务整理是海航1901班学员入学后就必须要面对的考核,也是他们每天要完成的任务。根据班规,内务整理表现差的学员,会被扣分;表现出色的学员,会受到点名表扬。一开始,在内务整理上,屡屡有人手忙脚乱,总会滞后几分钟才能完成,这自然要被扣分。随着整理频次的增加,动作熟练了,他们各个都能按时按质完成要求。

海航班学员在洗漱后,又掐着时间快步下楼,再次集合、整队,准备前往宿舍楼对面的稻香楼吃早餐。此时，太阳已经跃出了地平线，正向上攀升。因建筑的高低错落、背阴向阳，每一日的晨光显现着明暗、长短的微妙变化。一缕阳光正好打在程风华的面部，他下意识地眯了眯眼睛，并用手挡了挡射来的光线。

高一期间，海航1901班学员在前往食堂的路上，会唱起雄壮有力的军歌。当队列行进到食堂前，所有人齐齐站立，高喊口号："海航一班，军人风范；团结自信，卫我中华！"进入高二后，为了让他们更好地理解如何成为优秀的军人，并在具体言行中展现出使命意识、家国情怀，马晓梅便将口号改为"天道行健，君子自强；自强之路，坦坦荡荡"，这也是海航1901班的班训。

就餐时，海航班学员同样要保持应有的形象：进入餐厅后，他们排队打饭，而后快速站到餐桌前；听到口令后，躬身拉开凳子，站定；再次听到口令后，才齐刷刷地坐下用餐。

早餐耗时不过十几分钟。程风华吃过早餐后，就与班上同学集合，快步去往教室。在学习上，他们可谓争分夺秒、惜时如金。

按照课表安排，早餐后海航班学员就进入了一天当中的学习时间。早读前，他们要做眼保健操。早读后，他们会休息十分钟，接着便由相应任课老师授课。这与合肥十中其他班级并无区别。值得一提的是,海航班所在的教室的四面墙壁和天花板都被刷成了浅蓝色,前后的墙壁上有"立志海空,献身国防""飞天巡海,卫我中华"等标语。

课间休息时,程风华与班上同学陆续走出了教室。他们有的在走廊伸胳膊扭腰,有的注视着眼前的绿树,有的望向蔚蓝的天空。上午大课间时有例行的跑操,之后海航班学员需要做眼保健操……窗外风起,树影婆娑,间或有几只鸟儿快速飞过。

为了便于海航班学员用餐,合肥十中的食堂开设有海航班学员专用区域。菜谱每周一换,讲究荤素搭配,力求营养均衡,同时尽可能满足学员的多样化需求。

一天午餐时,程风华看到盛放在餐盘中的苦瓜,他皱了皱眉头,轻声问一旁的周成林:"我怕苦瓜的味道,咽不下去。为了不浪费,能不能请你代劳?"周成林点点头,接过程风华从盘中挑出的苦瓜片。

程风华将室友周成林包圆苦瓜的趣事告诉了自己的父母。对于孩子在校的生活,程风华的父母并不担心。以前在家,程风华很少与他们谈心,就读合肥十中海航1901班以后,只要有空,他就会与家人通话,跟他们说说在校的学习与生活情况,有时也会提及他喜欢吃的家乡菜,如牛肉火锅、风干羊肉、灯笼泡椒烧豆腐等。

午饭后便是学员们的午休时间。每一天的午休,既是他们身心上的放松时间,也是精力上的"充电"时间。午休之后,每个人看上去都"满血复活"了,显得很有精气神。下午,照常是相关课程的学习。进入教室后,他们要做一遍眼保健操。下午的课全部上完,还要再做一次眼保健操。

杜啸远喜欢拉着甘承志一起打羽毛球,有时是在下午下课后,多数是在周日的下午。出了一身汗,两人都觉得轻松了许多。

在紧张的学习之余,海航1901班学员还热衷于各类体育活动,这样既可以健身,也能增进彼此之间的友谊。

傍晚时分,合肥十中的校园是沸腾的。操场上、天行馆内,踢足球,打羽毛球,跑步,练习单双杠……到处是青春的脸庞、走动的身影。

到了晚自习时间,一切似乎都安静了下来。灯光映照下的彩虹桥,光影斑斓,如油画一般。一只猫蹑足从海航班的教室旁经过,而后,悄无声息地隐入了树丛中。

教室的灯筒散发着柔和的光,海航班学员正聚精会神地练习英语听力,接着,他们开始温习白天学的知识。在这期间,若是发现有人坐姿不符合要求,

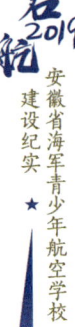

或者撑着双手在打盹，轮值的德育班班长或副班长就会马上提醒。

走廊上，值班的老师偶尔看一看学生在晚自习的学习情况。教室内的安静状态，让人不忍心打破。等到下课铃声响起来，晚自习结束了，学生们如潮水般涌出教室。

在值周小队的带领下，上完晚自习的海航1901班学员，以齐整的队形向宿舍走去。从彩虹桥旁经过时，程风华不经意地抬头看了一下天空，竟发现一颗流星急速地滑过，不知它最终落到了哪里。他转身问走在一旁的周成林："你看到流星了吗？"周成林忙问："在哪，在哪？"天宇依旧浩瀚幽深，仿佛不曾发生过什么。

回到宿舍后，程风华与周成林兴致不减，室友们也都参与了讨论，说着有关宇宙大爆炸、外星人之类的话题，又畅想哪一天人类可以到月球旅游、到火星做客。说了会儿话，他们赶紧去洗漱。

冬夜，寒风刮擦着窗户玻璃发出尖利的啸声，室内则暖意融融。海航班学员洗漱后，照例会抢时间看一会儿书，或者就遇到的难题进行讨论。

与海航1901班学员不同的是，合肥十中2020年招录的海航班学员住进了海航楼。海航楼呈"回"字形，每一层都有阅览室，可供学员看书、讨论。

夜里 11 点,生活老师开始逐间检查寝室,清点人数,督促学生们按时休息。

日月相伴,动静交替。海航班学员每一天的学习、生活,都按计划井井有条地进行着。三年来,一帧帧生动的青春剪影,合成了厚厚的一本画册。

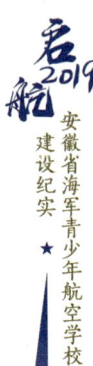

九　"笔聊"聊啥

"你有没有发现,班主任很喜欢与班上同学聊天啊?"课间,杜啸远问甘承志。他入校后,多次留意到,班主任马老师与学生聊天的时间较长,有时能聊一个多小时。

甘承志回答他:"这不正好证明班主任有耐心吗?"

杜啸远一时语塞,便朝甘承志竖起大拇指。

聊天,是马晓梅使用最多的与学生的沟通方式。她一直认为,只有真正地了解学生,才能更好地陪伴他们、引导他们。学生就像园林中的花草树木,什么时候浇水,什么时候除草,都需要掌握好时机。

对马晓梅来说,海航 1901 班的每个学生都是独一无二的。每个学生的成长环境不一样,他们的体质、性格、禀赋、思想也都不同,作为班主任,她需要尽可能详细地了解每个学生的成长特点、心理状态。

马晓梅向来尽量避免臆测每个学生的言行举止,更多的是采取观察、沟通的方式来了解学生的情况。在作出任何一项涉及班级管理的决定前,她都会充分征求学生的意见,采纳合理性的建议,一旦正式作出决定，就会坚决予以执行。

　　一般情况下，如有学生犯错，马晓梅知悉后，很少会当着全班学生的面批评犯错的学生。马晓梅始终认为："对一个人的教育，不能以践踏他的尊严为代价。如果当众批评他，很可能起到反作用，让他感到不安、难过，甚至产生抵触的情绪。"马晓梅将学生比作大象，作为海航班班主任，她坚持了解大象的全部，而不仅仅是一部分。学生的思维水平、行为习惯、家庭环境以及内心存在的困惑，她都要想办法了解、掌握，以便对症下药，帮助学生调整心态，解决遇到的问题。

　　海航1901班共有51位学员，如何能了解每一位学员的心理状态，捕捉到他们或隐或现的情绪波动？马晓梅用了一个看似寻常的招数，就是让学生坚持写日记。这些日记不是日常的流水账，也不是写了就"尘封不动"，而是要交给马晓梅批阅。她看完并作出批语后，会在次日将日记返还到每个人手中。这便是她与海航1901班学员的一种特殊的交流方式——"笔聊"。

　　如何让学生每天坚持写日记，同时避免他们敷衍了事？马晓梅与海航1901班学员约定：有话则长，无话则短。天天批阅日记，无疑，增加了马晓梅的工作量。

程风华记得,当时他每天都会记下所思所想,涉及个人学习、班级管理与同学间的交流等。他还记得,日记本每天都要上交。

与学生"笔聊"时,马晓梅并非一味以文字回复,有时会配一幅简笔画。"类似微信、QQ上的表情图,有时一幅画胜过千言万语,要传递的情绪更为直观。"在她看来,这样的交流更轻松、活泼。马晓梅从小就热爱绘画,自学过水彩画,不错的绘画功底使得她在"笔聊"配图时很是自如。

"笔聊"时,师生之间可以"畅所欲言",并无内容限定。每人写完一本,就可以换一本新的日记本继续记录。一本本日记,是海航1901班每一个学员情绪的晴雨表,见证着他们的心理变化、情感状态乃至成长轨迹。每个人的日记马晓梅都会认真对待,心细的她总会从中捕捉、发现学生微妙的心理变化。比如,一名学生在某天的日记里写了许多话,次日仅记了一两句,马晓梅对比后认为学生的情绪可能发生了变化。她便找来这位学生,了解个中缘由,以便有针对性地进行疏导。

结合自己的观察以及与学生的"笔聊",大多数时候,马晓梅可以找出学生产生情绪波动的问题所在,她会找学生当面沟通,及时对学生进行疏导。对于与学生"笔聊"的内容,马晓梅当众向海航1901

班学员承诺,她一定保密,绝不外传。如果她通过"笔聊"获知了学生的信息,又公开这些内容,她完全可以肯定,这样的做法,得到的结果将是失信于学生,自然,她将难以继续"走心式"地同学生交流。

在日记里,杜啸远向马晓梅敞开了心扉,说自己刚入校时,害怕被孤立,所以总想着"搞怪",以便引起他人的关注。在与马老师"笔聊"时,杜啸远喜欢配上自己的涂鸦。有一次,杜啸远画了一株小草,并写下简短的一行字:"小草快干枯了。"马晓梅看过后,绘了一幅给小草浇水的画。拿到返还的日记本,杜啸远"秒懂"了马老师的风趣,当场笑出了声。一旁的同学问他:"什么事让你这么开心?"杜啸远故作神秘地说:"这是个秘密。"

因为坚持"笔聊",刘胜海在海航班读书期间,写了四五本日记。在"笔聊"中,刘胜海吐露了自己的心态变化。刚来到海航班时,他觉得自己不适应这种半军事化的管理,认为进入海航班便如此严格,将来进入军校后,只会严上加严。所以,他曾对自己进入海航班的选择产生了动摇,以致在学习、训练上出现了松懈、应付的情况,甚至动过离开海航班的念头。到了高二上学期,刘胜海已提高了思想认识,坚定了信念和选择,不再游移不定。他如实地将这些内容写在了日记里,并为当初产生"逃离"

海航班的想法而感到脸红。

刘东鸣在"笔聊"中,说得较多的是海航班的管理和他发现的一些问题。临近高考时,因为体检而被分流的他,在日记本里提及个人的事情才逐渐多了起来。

海航1901班学员在寒暑假期间,同样要通过"空中打卡"的方式,每天上传个人的日记,这相当于师生间延续了之前的"笔聊"。马晓梅借此可以及时感知学生们的情绪并进行疏导,有时还能帮助消除学生与家长之间出现的误会或小矛盾。

情绪管理是马晓梅与学生交流时提及较多的话题。在马晓梅看来,作为海航班学员,情绪管理尤为重要。善于调节、控制情绪的学员,身上就像装了按钮,但凡摁下按钮,瞬间就可以切换到合适的状态。"强大的情绪控制能力是他们的一种必备能力。合肥十中海航班学员从入校时,就要以成为海军飞行员为目标。如果将来成为飞行员,因为生活或家庭琐事,在驾驶战机时就心不在焉,那还了得?"正因为马晓梅平时注重与学员探讨、分析负面情绪产生的原因,寻找加以克服、缓解的方式、方法,海航1901班学员在情绪管理方面有着可喜的变化与表现。

十　张弛有道

教学楼中，实验室里，运动场上，都有海航1901班学员的身影。他们每天的学习、训练与作息，都安排得比较科学，张弛有道。

在教学上，马晓梅长期践行的做法，就是精细化管理时间。学生的学习、训练与生活，都要进行系统化的、合理的安排。对于学生的学习，马晓梅一直坚持自己的观点，那就是并非学习时间越长越好，而是要讲究学习的效率和质量，同时辅以足够的休息。对于海航1901班学员，马晓梅常常思考的是如何让他们在紧张的学习中保护好个人视力，同时锻炼好自己的身体。

为此，她引导学员利用好各种碎片时间，开展"微训练"——眼保健操、视力恢复操、望远、望绿、冥想、俯卧撑、拉伸、高抬腿、引体向上、军体拳、齐步走、正步走、唱军歌、呐喊等。时间久了，这些"微训练"变成了学员们的日常习惯，融入了他们的肌肉记忆中。

每个月，海航1901班学员都得进行视力检测，检测结果会归入每个人的档案，便于跟踪、对比他们的视力是否发生变化。一旦发现有学员的视力出现

下降的情况，马晓梅便与视力下降的学员共同分析原因，并请来眼科专家对其进行诊治。

学生拥有明亮的眼睛、强健的体魄、健康的心理，这些都是马晓梅所乐见的。但凡看到学生戴着厚眼镜，一副弓腰驼背的样子，马晓梅心里就会感到难过。对于入校的所有学生，她希望的是他们能够坚持锻炼身体，始终充满朝气。三年中，海航1901班学员里没有一个人出现过脊椎弯曲等情况，因视力被淘汰的更是少之又少。

在学生的视力保护上，马晓梅想了许多办法。

高一刚入学时，来自全省各地的海航1901班学员做的眼保健操，竟出现了五个版本。依据学员的实际体验与效果，马晓梅同他们仔细地对各版本眼保健操进行分析、比较，从中选出了最适合练习的版本。刘东鸣担负的一项重要任务，就是每天按时领着全班同学做眼保健操。

海航班教室的墙壁被粉刷成浅蓝色，室内摆放有绿植，黑板两侧悬挂有仿真绿萝，这些举措都是为了让海航班学员抬头见绿，以缓解他们的眼睛疲劳。

无独有偶。广东一位年轻的高中老师曾安排停课，为的是带领学生观花赏春，使学生感受、领略季节之美。这件事情引起广泛讨论，网友纷纷为其"点赞"。实际上，马晓梅领着学生赏花、望绿，要比这位老师更早。

马晓梅要求海航 1901 班学员在课间走出教室，近观远眺——看花，看树，看天空。只要得空，她自己也与学生一起望远、望绿。

马晓梅曾以诗意的语言，介绍她引领学生"俯仰天地"的初衷。她写道：

世间万物皆有爱，人作为宇宙的一分子，与万物相连，在遵守自然规律的同时，更能从宇宙万物间感受到爱，获取到正能量。

校园里，盛开的花、绿油油的草、粗壮的树、鸣叫的鸟、水里游的鱼、轻轻拂面的风、冬日暖暖的阳光等，无不是爱的使者，传递着宇宙、天地之爱。

海航1901班的学子们下课常追逐这些"天使"的身影，教室前面的鱼池更是他们经常流连之地。我们还在校园艺术楼里觅到一块"宝地"，冬日天晴时，这里不仅阳光明媚，而且几乎无风。课间我总喜欢带着孩子们在此一边沐浴阳光，看蓝天白云，一边锻炼、聊天、开会，享受着天、地、人互相融合而创造的和谐与美好。

季节轮换，校园内的花草树木经历着荣枯盛衰。

春季，合肥十中校园里盛开着向阳的垂丝海棠。甘承志起初并不认识这种花，向马晓梅请教后，才得知了花名。

夏天到来时,连风都是热的。夏风带着热气吹在甘承志的脸上,课间望远、望绿时,他竟生出了奇思妙想:除了地球,宇宙中的其他星球上也有碧绿如翠的树叶吗?

到了秋天,浓郁的桂花香飘散在教室内外。看到落在地上的银杏叶,程风华弯下腰捡拾了几片夹在本子里。图书馆门前挺立着一株黄连木,程风华每次经过都要多看几眼。树形团团如帷盖,横斜的枝丫与茂密的树叶展现了黄连木旺盛的生命力,整株树像一名忠诚的卫士守候在图书馆旁。程风华喜欢抚摸黄连木健壮的树干,由手掌传递于心的,是一种坚实与厚重的力量。一个人的成长多像一棵树啊,要经受大风大雨,还要战胜虫噬病害,避免火烧刀砍。树有千万种,人也不尽相同,都给这个世界增添了丰富性,同时也都展现出各自顽强的生命力。程风华还特别喜欢花木散发出来的幽香,有时他会流连于校园的绿树丛中,像个诗人一样,对着草木喃喃自语。

程风华至今还记得,冬日里的课间,班主任马晓梅常将他们"赶出"教室,到室外晒太阳。晒太阳时,甘承志常常想起自己的家人。在他小时候,每到冬天,奶奶就喜欢牵着他的手,在暖和的冬阳下散步,给他讲故事。

除了引导海航 1901 班学员亲近自然、拥抱自然，马晓梅还带领学生一起欣赏音乐，借此抚慰学生的心灵，使他们获得艺术滋养。她用自己的手机播放歌曲给学生听，有时还邀请音乐老师来上课，教学生练习发声。"正如作家余华所描述的，音乐像炽热的阳光和凉爽的月光，进入人的内心，让人感受爱的力量。"马晓梅十分认同音乐的力量。当悠扬的乐声从海航班教室飞出，先前随风摇摆的树木竟如人一般，静静地倾听着。

对海航班学员而言，要想强身健体，特别是要保持一定的军事素养，在训练上就不能三天打鱼，两天晒网。高一至高二，合肥十中海航1901班学员坚持进行早训、课间训等。其中，跑步是一项重要内容。

为了陪伴海航班学员，同时也为了给全班学员鼓劲，马晓梅随他们一起跑步。海航1901班学员刚入校那会儿，马晓梅的身体还比较虚弱，每次跑两三百米整个人就会喘不过气来。她不得不缓下脚步，大口喘气，回到办公室休息。

有一段时间，陪学生早训时，马晓梅站在跑道外围，看着他们从自己身边跑远。后来，她干脆闭上眼睛，齐刷刷的脚步声飘入耳中，那是一种特别有力量和让人感到踏实的声音。在晨光与微风中，学生跑步的脚步声由近到远，由大变小，而后从远到近。

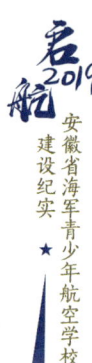

听的次数多了,她甚至能听到学生们或轻或重的呼吸声,能听出学生们是在直行还是在拐弯,她想象着每一个人的表情、步伐。这是一种多么奇妙的体验!有时马晓梅很希望时间就此凝固,将这种细微、真切的体会固化下来。

当然,马晓梅并没有一直作为观众、听众,而是跟着慢跑了起来。即便在冬日里,寒风呼呼扑面,她也没有放弃跟跑。正是由于一次次坚持,几个月后,马晓梅越跑越轻松,甚至能跟着学员跑上三四圈。有的老师见状,不无敬意地对她说:"马老师真能跑呀,得向您学习!"

海航1901班的课间训或早训,有段时间一直由邵一航带队,后来改为全班学员轮流带队。

早训时,邵一航看到马老师与全班同学一起跑步,打心眼里佩服她。想到马老师的年龄和身体状况,邵一航又替马晓梅捏了把汗,他劝马老师歇一歇,马老师朝他笑了笑,继续跑步。

跑步成为习惯后,若是哪天没有跑步,马晓梅就觉得浑身不自在。她的坚持,无形中激励了海航1901班的所有学员。

高三阶段,为了节省时间,海航1901班学员利用碎片时间进行训练,比如从教室到食堂,他们要先跑步,接近食堂时,则切换成踢正步、唱军歌的方式。

　　杜啸远记得，在三年的早训里，屡次出现巧合——早晨六点，室外风平浪静；当各人穿好衣服，准备下楼时，忽然刮风下雨；待他们下楼集合，风停雨霁了；早训结束，他们回到寝室，又下起雨来。这对于海航 1901 班学员而言，颇有象征意味——风雨时有，风雨无阻。成长的路上，纵然遇到风雨，仍要坦然面对。因此，杜啸远特别喜欢苏轼的《定风波》："莫听穿林打叶声，何妨吟啸且徐行。竹杖芒鞋轻胜马，谁怕？一蓑烟雨任平生。料峭春风吹酒醒，微冷，山头斜照却相迎。回首向来萧瑟处，归去，也无风雨也无晴。"

　　滚轮、旋梯、浪木是海航班学员在训练时常用的器材。在专业老师的指导下，他们借助这些器材来训练抗眩晕能力以及置身特殊环境中的方向识别能力。

　　刚接触滚轮等器材时，海航 1901 班学员难免有些畏首畏尾。刘东鸣一看到这些器材，心里就生出了畏惧感。

　　马晓梅将学生的畏惧看在眼里，决定亲自体验，以带动学生适应训练。有一天，她稍稍活动了一下，便对带训老师说："我来试试！"听到马老师这么一说，学生们很是惊讶，担心她身体吃不消，都劝她

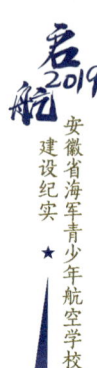

别冒险了。马晓梅坚持试一试，带训老师便和几名学生作了简单的围护措施。马晓梅上了滚轮，滚轮转动的速度渐渐快起来，像是洗衣机洗衣服一般，马晓梅被强大的离心力甩出，脑袋狠狠地撞在了铁杆上，顿时就起了个包。那一瞬间，所有人都呆住了，等反应过来后，大家纷纷跑上前，将马晓梅扶了起来。事后，听说了这件事的姜际龙心有余悸，再三叮嘱马晓梅："以后千万不能这样了。如果你出了事，到哪里去找人当这个海航班的班主任？！"

在批阅海航 1901 班学员的日记时，马晓梅发现，"压力"一词频频出现，这引起了她的思考。

高二阶段的学习任务比较繁重，时间被安排得满满当当，怎样让海航班学员保持充沛的精力来学习？马晓梅联想到自己习练多年的"冥想"。为了让学生放松，她决定让学生们尝试"冥想"。

一个周六，吃过晚饭后，海航 1901 班学员列队去教室自习。照例，他们要先进行英语听力练习，接着收看《新闻联播》。这时，马晓梅踩着时间点走进了教室，她对全体学员说："今晚准备进行'冥想'，时长半小时。"

有人举手问道："马老师，什么是'冥想'？"

同那位举手的同学一样，程风华也分外好奇。学员们不约而同地将探询的目光投向了马晓梅。马晓梅不慌不忙，向学员们解释："'冥想'并不复杂，就是通过调节自己的呼吸，排除心中的杂念，让人的身心变得放松，进入一种忘我的境界。"随后，她讲解了具体的动作要领。

按照马晓梅的讲解，学员们开始尝试进行"冥想"，但一时半会儿，他们难以平定心绪，也就无法顺利进入"冥想"状态。马晓梅当然明白这一点，她希望通过尝试，循序渐进地引导学员们学会调节个人状态。

海航1901班学员首次进行"冥想"，状态不一。有的学员盘腿坐在座位上，人却笑个不停。有的学员边模仿边打趣，说将手放在肚子上，一呼一吸，肚子鼓起来时好像怀孕了。其他学员一听，笑得更欢了。马晓梅也不气恼，平静地问道："你已经在进行'冥想'了，怎么有时间看肚子？"那位学员收敛了笑容，赶紧调整自己的呼吸。这时，马晓梅播放了一段事先准备好的轻音乐，教室内的灯也被关掉了，整个教室沉浸在轻柔的音乐声中。

邵一航一开始也静不下心，等到教室的灯关了后，他看不到其他同学的情况，索性闭上眼睛，调整自己的呼吸。仍有学员"生事"，趁着教室内光线昏暗，摸一下身边同学的脑袋，或者推别人一把。教室内，时不时地传出窃窃的笑声。

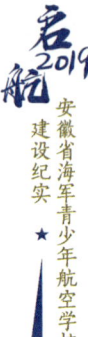

在学生小打小闹之际，马晓梅本想出声制止，转念一想，不如自己先进行"冥想"，待"冥想"结束后，再找他们沟通。于是，她索性不管不问，慢慢将自己引入"冥想"状态。此时，音乐已经播放了20多分钟，教室里慢慢安静下来。

过了一会儿，马晓梅结束了"冥想"。她起身将教室的灯打开，只见一排排学生中，有的端坐如入定，有的仰头睡着了。看到学员们"冥想"后出现的千姿百态，马晓梅乐了，禁不住笑出了声。

首次"冥想"结束后，对于难以进入状态又互相打闹的学生，马晓梅并未当众批评他们。课间，几个"不安分"的学生，被她一一找去谈话。

杜啸远正是互相打闹的学生之一。起初，他觉得"冥想"比较好玩有趣，忍不住用手指挠人，要么就用胳膊捣捣邻座的同学，别的同学以其人之道还治其人之身，相互就闹起来了。"冥想"之后，杜啸远受到了马晓梅的一顿批评，不敢再捣乱了，好在他也渐渐习惯了"冥想"。与杜啸远一样，刘胜海一开始也难以进入状态，坚持一段时间后，才有了"忘我"的感觉，觉得"冥想"的确有些不可思议。

高二阶段，海航1901班学员在练习"冥想"上，时间尚不固定。进入高三后，学员们既要开足马力学习，又要保持较好的精神状态，都乐意通过

"冥想"进行调节,"冥想"便成了一门新的"必修课"。

根据高三阶段的学习安排,同时结合学生的反馈,马晓梅对"冥想"的时长作出了调整。她将海航班学员练习的"冥想"设计为两个版本:一个是平时练习的版本,属于时长较短的"小冥想";另一个是每个周六晚上练习的版本,属于时间稍长些的"大冥想"。

随着高考临近,一些学员为释放压力,除了进行"冥想"外,私下还搞出一些"花样"。有人坚持每天晚上到操场上跑几圈,有人喜欢对着天空大喊一通,有人则玩起了游戏。

某个周末的一天,程风华被几位同学"逮住",非要他唱一首《征服》才算过关。另一边的杜啸远趁老师不在,找来小推车,将它当作滑板,在楼梯间耍酷。

生活老师让杜啸远帮忙在寝室楼层的黑板上画画,本意是想增添一些趣味,给学生减减压,杜啸远竟画了一个大牌匾,牌匾上写着"北京大学"四个大字。见杜啸远如此绘图,甘承志笑嘻嘻地对杜啸远说:"你这是捣乱吧,分明是在给大家制造紧张与压力。"杜啸远辩解道:"我在给大家加油鼓劲,目标就在黑板上。"夜里,杜啸远被惊醒了,他梦到自己驾

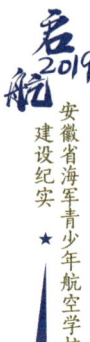

驶着战机,却遇到紧急事态,警报声响起……

距高考不足一个月,甘承志因模拟考试成绩不理想而情绪不佳,杜啸远见状,就找他玩起以前常玩的游戏。 杜啸远戏称腿长脸长的甘承志为"马驹",甘承志则将杜啸远称作"小度"。

杜啸远喊:"马儿哎,你慢些走……"

甘承志回道:"小度,小度,你在哪里?"

"我在这里!"杜啸远边说边作回头状。 这个游戏简单无比,两人却玩得起劲、开心。

十一　理发之事

　　为学生理发,这是马晓梅多年教学生涯中的一桩新鲜事。

　　海航 1901 班学员的头发,不仅关系到他们个人的仪容仪表,更关乎海航班的集体形象。作为班主任,马晓梅从学员们入校时,就希望他们通过外在形象的塑造,展现出海航班学员应有的精气神。

　　合肥十中海航班实行军事化管理,在疫情期间,全员更是尽量不离开校园。那段时间,每个学员的头发都长长了,怎么办? 马晓梅权衡再三,决定自己来当全班学员的理发师。她从网上买来剪刀、推子,然后打开网上的视频,跟随网上的教学,一招一式地学起了理发。

　　海航 1901 班学员,逐个走进了马晓梅的办公室。开始为学生理发时,马晓梅发现,自己的手脚并不能那么灵活地听从指令。给一个学生理发,差不多要花个把小时。有时给学生剪完头发后,她左右端详,又觉得他们的头发看上去不那么齐整、好看。有一次在给学生理发时,她剪着剪着,一不小心,手上被划出了一道血痕。马晓梅暗自叹了一声,默默提醒自己下次一定要小心。理发看起来简

单,真正操作时则需要眼到手到,若功夫没到,自然难为。正如欧阳修《卖油翁》所说:"无他,但手熟尔。"经过一段时间的练习,马晓梅不但剪发的动作变得熟练了,而且还能依据学生的脸型,剪出不同的发型。

当时,有学生提议,马老师剪发很辛苦,班上每个人都应该掏一点钱作为理发费给马老师。马晓梅得知后,毫不犹豫地拒绝了。

一天中午,刚上完课,海航1901班学员排好队,准备前往食堂就餐。

"程风华出列!"马晓梅喊了一声,程风华随即站出来。他走到马晓梅跟前,脸上分明写着大大的问号。马晓梅跟他说:"饭后来我的办公室,找你有事。"

程风华吃过饭后便来到马晓梅的办公室。马晓梅瞅了瞅他,问道:"你不想理发吗?""我……我……在等着您找我呢。"程风华顿时红了脸,下意识地摸了摸自己的头。

"还摸头啊,全班就剩你一个人没来理发了!"马晓梅故意加重了语气。听马晓梅这么一说,程风华吊着的心放下了,赶紧说:"今天傍晚就来找您!"马晓梅看着他紧张的样子,忍不住笑了。

程风华刚入校时有些腼腆,看到班上同学一个个到马老师那儿理发，误以为只有马老师喊人过去才可以理发。加之他觉得马老师看起来比较严肃，心里存着敬畏，不敢主动找她。眼见程风华的头发已经很长，马晓梅一等再等，却不见程风华主动前来，她心里不免生出疑惑：这孩子为什么不找我理发？难道有什么特殊情况？马晓梅将程风华喊到办公室，问清缘由后，不禁乐了。

　　这一天，马晓梅首次为程风华剪头发。程风华的头发又密又厚，马晓梅用推子推完三层才推到他的头皮。程风华终于"挨"了马老师的剪刀。从这天起，在海航1901班学习期间，每隔个把月，程风华就会主动上门，请马老师给他剪头发。

　　高中三年，海航1901班学员的头顶，无一例外，都被马晓梅"摸"了个遍。在为海航班学员理发时，马晓梅趁机与学生谈心，了解学生的心理状态以及参与班级管理的体会等。

　　2024年2月1日，从北京回到安徽家里的程风华，在回忆高中生活时，还述说了马老师对学生细致的照顾："马老师对学生的呵护与关心，可以说无微不至，像一个母亲一样。"

　　马晓梅在办公室里备齐了锅碗瓢盆，一旦发现学生感冒、肠胃不舒服或者其他病况，除了请医生为他们看病，她还会单独给学生们开小灶，为学生下鸡汤

面、煲小米粥。学生如果想吃三明治,他的愿望也不会落空。海航1901班曾经有一位学生生病,前后达半个多月,马晓梅一天三顿为这个学生做饭。有一次,马晓梅炖了一大锅骨头汤,生病的学生喝不完,余下的鲜汤就分给了其他学生。

冬天,学生从寒风凛冽的操场训练回来,每人面前都有马晓梅熬制的一碗姜汤。喝下一碗姜汤,程风华心里又温暖又感动。

学生的身体健康、心理疏导,都是马晓梅经常琢磨的事。在学生的眼里,她的形象是多面的。她不仅是严师,还是慈母;不仅是班主任,还是教官、理发师、营养师……马晓梅知道,私下里,有的学生称呼她"梅姐",有的学生喊她"老马"。"'老马'这个称呼挺好,俗话说,老马识途嘛。"马晓梅说起学生们对她的种种称呼,语气幽默。

十二　筛选飞行

深绿浓荫中，知了一声高过一声。

2021 年暑假期间，除体检不合格者外，合肥十中海航 1901 班 37 名学员，专程赴山东南山国际飞行有限公司滨州基地，参加筛选飞行训练。

利用暑期组织筛选飞行训练，是安徽省海军青少年航空学校的特色教育训练之一，更是海军依托地方通航培训机构组织青少年航校学员进行的特殊训练活动，目的在于有效甄别学生的飞行潜能，提高选拔培养质量，及早发现和培育舰载机飞行苗子。

筛选飞行训练的飞行纪律、飞行程序等，是前人不断总结、提炼出来的。在掌握航空基础理论和上机必备知识后，经过座舱实习、应急程序处置和飞行动作演练等阶段，通过模拟飞行考核后，海航 1901 班学员将首次驾驶飞机飞上蓝天。

参加筛选飞行之前，马晓梅未雨绸缪。在海航 1901 班学员进入高二阶段后，考虑到他们尚无任何筛选飞行经验，马晓梅便向学校申请，将放置在求真楼的两台小型模拟飞行机搬到办公室，让他们尽快熟悉飞行的关键步骤。为此，马晓梅还自学了航空基础理论，并从网上搜索飞行考核知识，向有关专家请教，之后组织学生开始进行模拟飞行训练。按照马晓梅的安排，每天傍晚放学后，海航1901班学员轮流进行模拟飞行训练。到基地参加实训飞行时，学生们已经进行了整整一个学期的模拟飞行训练，这时他们才真正意识到，马晓梅为他们打下的模拟飞行基础很有必要。

在筛选飞行之前，海航1901班学员在校内进行了三天集训，由经验丰富的飞行教员授课。每天的学习都是高强度的，海航班学员需要系统学习飞行的基础知识、飞行的基本程序和方法、特情处置及安全教育等内容。紧接着就是理论课考核，海航1901班全员通过。但真正的考验还在后面。

2021年7月29日，合肥十中海航1901班学员动身前往山东省滨州市。次日，他们参加了海军青少年航空学校学员开飞动员典礼。这一年，是海军青少年航空学校学员进行筛选飞行训练的第四年，是合肥十中海航班学员首次参加筛选飞行训练。

按照计划，他们要接受理论学习、地面准备、模拟飞行、实装飞行四个环节的检验。开飞动员典礼结束后，海航1901班学员开始接受新一轮的地面准备知识学习与测试。自习室里，从早到晚，他们争分夺秒，"啃"着飞行知识，尤其要掌握、吃透基地机场的各项参数、飞行起落航线，以及空域飞行等飞行计划，为真正的上机驾驶做准备。

不出所料，合肥十中海航 1901 班全员通过了理论知识的测试。接下来，他们要经历的考验便是模拟飞行。在这一环节，他们使用 1∶1 高仿真模拟器，进行起落和空域模拟飞行。于是，训练场上，合肥十中海航 1901 班学员各个都在一遍遍地重复着起落航线飞行的各项操作，好似他们正驾驶着一架架战机，在云天之上翱翔。机库里，在资深飞行教员的指导下，他们对照塞斯纳-172 型飞机的真机座舱，重复着一遍又一遍的训练动作。

实装飞行是关键的一项考核，由资深飞行教员使用塞斯纳-172 型飞机进行组训，包括起飞和着陆、平飞和上升下滑、水平转弯和盘旋、俯冲和跃升等内容，总时长约七个小时。在此期间，海军检飞专家对学员的理解记忆、空间感知、平衡机能、状态判读和模仿接受等能力进行考察，给学生划分相应等级，确定每名学员的总评成绩。该成绩将作为招飞选拔专业成绩并计入飞行学员的录取成绩，为后续招飞选拔奠定基础。

"由于平时学习操控的是模拟机，与驾驶真正的飞机明显存在差别，心理状态与体验感都很不同。"程风华回忆说，班上不少同学的临场状态类似，都有些紧张、发怵，甚至是"懵圈"。由地面到天上，合

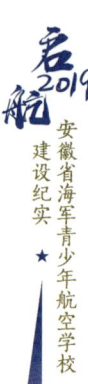

肥十中海航 1901 班学员经历了一次难忘的人生体验。

海浪、海鸥、沙滩……在合肥十中海航班读书期间，程风华不止一次地想象过大海的壮阔。到山东滨州后，程风华第一次见到大海，他被大海震慑了。那是一种无法用语言描述的感觉，程风华只觉得自己处于出神的状态，从脚底到头顶，仿佛都在涌动着一股激情、一种使命，又像是自己随时都有可能随着舰船去向远方。

在滨州，程风华与参训的海航 1901 班学员前后待了 20 多天。每次筛选飞行前，他们都要按照所划设的固定区域提出申请，制订飞行计划。

飞行教员驾驶着飞机，示范着各种动作，坐在一旁的程风华既激动又紧张。他发现，在空中驾驶飞机俯瞰到的大海，与人在地上所看到的大海存在着很大差别。相比于浩渺无垠的大海，空中的一架飞机简直如一片树叶一样，人更是显得渺小。"天地辽阔，山河壮美"，那一刻，程风华觉得只有这样的词汇才能形容自己的所见所感。想到未来的一天，自己如果能驾驶战机飞天巡海，那是多么令人自豪的事啊！但这一切的前提，就是自己必须得掌握过硬的本领。

对于飞行，在未真正接触筛选飞行之前，邵一航同样是"小白",毫无经验。在滨州,邵一航第一次坐上塞斯纳-172型飞机,整个人莫名地紧张起来,过了好一会儿,他才平复了心情。从空中看向大海与陆地,邵一航觉得非常新鲜、奇妙。读初中时,邵一航就到过大海边,对于海的辽阔已有一些体会,但在空中驾驶飞机观看大海,这是自己在地面永远无法体会到的感受,无形中,这也坚定了他今后要做飞行员的念头。

轮到杜啸远试飞时,他异常激动,激动之余,又夹杂着慌张与不安的情绪。坐在他身旁的飞行教官瞅了瞅他,见他手足无措的样子,严厉地问道:"你能不能飞?如果不能飞,那就交给我来操作。"杜啸远被"刺激"到了,立刻以非常肯定的语气回答:"我能飞。"说完这句话,杜啸远感到手心里已经出了一层汗。此时,飞机在他的操纵下已成功起飞,而后稳稳地飞翔在空中。飞行教官的脸上露出了笑容,对杜啸远说:"你可以啊,飞得非常好。"为了鼓励杜啸远,飞行教官表示,如有可能,下次他可以单飞。哪知,第二次飞行,杜啸远就出了状况。在第二次驾驶飞机飞行中,飞行教官突然问他:"遇到突发情况,会不会紧急求救?"杜啸远记得,之前在学习飞行知识时,专业老师专门讲解过应急办法。但在那一瞬间,他的大脑竟出现了短暂的空白,发蒙的他没有答上来，被飞行教官斥责了一顿。飞行教官还提醒杜啸远，掌握不了应急处理办法，最好立刻停飞。听到这话，杜啸远心里很不是滋味。当时，正是中午，杜啸远驾驶的飞机迎上了一股上升气流，飞机猛烈抖动，他的腿撞向了舱壁，疼痛感明显。飞行教官问他能否撑得住，杜啸远强忍着疼痛，答道："可以！"飞行教官看了看他，还是帮他操纵了一会儿。返回途中，杜啸远觉得自己的状态恢复了，便请求继续执行驾驶，飞行教官看他一脸坚定的神情，确认他身体无碍后，便答应了他的请求。

一心想着驾驶飞机翱翔海天之间的何嘉文，等到真正上机操作时，也发蒙了。当发动机响起，飞机起飞的一刹那，何嘉文觉得身体都僵硬了，手脚仿佛不听自己的使唤。飞行教官见状，提示他放松，但没有效果，便大声说："你就当自己处在临战状态！"经飞行教官这么一说，红着脸的何嘉文反而稳定了自己的情绪。第二次试飞时，上了飞机的何嘉文还是有些紧张，他朝飞行教官看了看，深吸了一口气。按照程序做完规定动作后，他渐渐就放松了下来。在这次飞行中，何嘉文的飞行分比首次试飞提高了一大截，飞行教官对此也比较满意。

在这次筛选飞行中，合肥十中海航1901班学员表现不一。有人晕机，吐得一塌糊涂，不敢继续驾驶飞机，自然未能通过测验；有人虽然晕机，但咬牙坚持了下来。最终，全班共有34名学员通过筛选飞行，通过率接近92%，该成绩在全国首批海军青少年航空学校中处于上游水平。

十三 分流之痛

从安徽各地考进合肥十中海航班的学生，可谓百里挑一。进入合肥十中海航班后，他们每年都会经历筛选。这不仅是合肥十中海航班学员所要面临的挑战，也是合肥十中海航班教育与管理团队需要面对的考验。

高一第一学期期末，海航1901班学员进行了一次体检，包括刘胜海、杜啸远、刘东鸣在内，共有五名学员因体检不合格而面临分流。其中一位学员，在合肥十中学习期间个子长高了不少，超出了飞行学员的身高标准。如此一来，这几名学员都要作出选择，要么到合肥十中其他班级继续学习，要么回到生源地同类普通高中完成自己的学业。

一天，海航1901班学员正上着英语课，班主任马晓梅走到教室门口，与英语老师小声说了几句话后，刘胜海等五个学员被喊出了教室。他们跟在马晓梅身后，从诗华楼向求真楼走去。路上交谈时，马晓梅的声音突然哽咽了。几名学员面面相觑，想到可能是自己的体检遇到了问题，每个人的心情顿时变得很沉重。

在等电梯上楼时，马晓梅告诉他们："海军招飞办负责人要找你们谈一谈，问什么，如实回答就行。"刘胜海心里"咯噔"了一下。在他体检时，有几位医生围拢在一起商议着什么，他当时就怀疑，是不是自己的体检结果出问题了，现在看来大概率是因为体检结果而被找来谈话。

到了求真楼九层，刘胜海感觉到现场的气氛有些凝重。他被喊进了接待室，海军招飞办负责人和颜悦色，向刘胜海告知了他的眼睛检查结果。他的一只眼睛被查出有一个小黑点，眼睛玻璃体存在点状浑浊的情况。刘胜海听到这些，觉得自己可能要被"筛掉了"。随后，海军招飞办负责人问他今后还想不想就读海军院校，刘胜海大声说："很想。"对方便提醒他今后一定要保护好个人的视力，说完，便示意他回去继续上课。

轮到杜啸远时，他走进接待室的那一刻，表面上若无其事，心跳却明显加速。海军招飞办负责人告知了他体检结果，说他下蹲不全，然后问他："以后还想飞吗？""想！"杜啸远同样回答得斩钉截铁。走出接待室，杜啸远以为自己就要离开海航1901班了，心里无限惆怅，对自己的未来一时产生了迷茫。好在此后通过拉伸等训练，杜啸远的下蹲不全得以矫正。一度亮出的"黄牌"被解除了，未被分流的杜啸远，无比珍惜学习的机会，最终如愿以偿，被海军

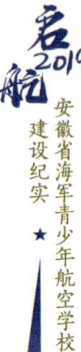

航空大学录取。

同一天，刘东鸣乘坐电梯来到求真楼九层，他的大脑一片空白，只感觉心跳如鼓。在这次体检中，他的肝脏上被发现有一个很小的钙化点。当时听到海军招飞办负责人说出的体检结果，他努力地平复心情，却事与愿违，眼泪控制不住地涌出了眼眶。刘东鸣自觉有些失态，赶紧站到窗边，将脸别了过去，顺势用手抹了抹眼眶。

当天晚上，刘东鸣打电话给爸爸，诉说心中的难过。刘东鸣爸爸劝他，路有千万条，以后还有其他许多选择，眼下要做的，就是集中精力做好准备，顺利参加高考就行。

想到自己不能留在海航1901班了，也未做好到合肥十中其他班级学习的准备，刘东鸣在电话中与爸爸商量，打算回到原籍地读书，他的爸爸同意了他的想法。与家人沟通并商定后，次日一早，刘东鸣照常参加晨训、早读以及随后的课程学习。

也有受到分流影响的海航1901班学员，因为不想离开这个班，一个人躲在蚊帐里偷偷哭泣。马晓梅得知后，将那位学员找来，好言劝慰了一番。

那段时间，海航班教室里的气氛有些异样，就连爱开玩笑的学员都不再说笑。一些学员不免担心：到了高二或高三，自己体检时如果也出现这样或那样的问题，到时又该何去何从？弥漫在学员中间的不安、伤心的情绪，自然被细心的马晓梅所察觉。其实，当时她自己也特别难过，十分不舍那些要被分流的学员，但一时拿不出好的办法应对这种情况。

当着学生的面，马晓梅仍如平常一样有说有笑，但是独处时或回到家中，一想到海航1901班学生要被分流这件事，她就难以控制自己的情绪，眼泪流了又流，还屡屡失眠。连续半个月，她都处在这样的状态中。

"这下坏了，人像要垮掉一样。"马晓梅觉得照此发展，不但自己会崩溃，连这个班她都带不了了。

马晓梅不甘心就此"止步"。通过咨询，她了解到，其他省份的海军青少年航空学校，一直按照规定进行操作，因体检不合格而被分流的学员，就得离开海航班。当时，马晓梅已分别与海航1901班被分流的五名学员作了交流，详细了解了他们的想法和选择。他们中有的打算转回老家的高中；有的认为，即使转回生源地，也没有自己比较中意的学校，还不如留在合肥十中，但是，若被分流到合肥十中其他班级，自己心里又很不情愿。

几个被分流的学员既感到难以选择，又觉得很无奈。马晓梅看在眼里，急在心上。她打算另辟蹊径，找到各方都能接受的办法。

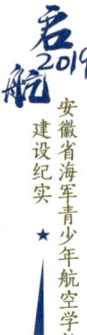

与其让班级的座位空着,不如让要被分流的五名学员留下来,继续与班级其他学员一起听课学习。在马晓梅向徐亚飞说出了自己的想法后,两人经过商议,决定由海航部正式向学校提出申请。

看到这份申请,合肥十中领导班子斟酌后认为,其他省份的海军青少年航空学校均没有分流不分班的先例,何况海航班学员的后续培养涉及专业训练与经费投入,若是将被分流出去的学生留下来,万一影响了整个海航班的培养目标怎么办? 这毕竟是合肥十中承建的首个海航班! 马晓梅的建议被否定了。 得知这一消息,马晓梅心意难平,似乎一夜之间就憔悴了许多。

这天晚上,为了排解心中的烦闷,马晓梅来到包河边散步。 因为心情不佳,马晓梅无心赏景,心里想的都是海航1901班学员被分流的事。 为什么不可以让被分流的学员继续待在海航班听课呢? 这种情况今后一定还会出现,自己还能承受一次又一次学员被分流带来的痛苦吗? 想着想着,马晓梅觉得心里堵得慌,她从包里掏出手机,拨通了徐亚飞的电话。关于海航1901班学员被分流的事,两人在电话中沟通了一个多小时。

考虑到马晓梅当时的身体状况与低落的心情,徐亚飞提议马晓梅与他一起去外地,考察了解其他省份的海军青少年航空学校高三年级学员的全检定选情况，顺便让马晓梅散散心。

2020年度海军招飞全检定选工作共设有五个检测站，设在郑州的检测站是其中之一。马晓梅与徐亚飞等人专程前往那里观摩学习，了解全检定选流程，以便为合肥十中海航1901班学员的全检定选做好准备工作。

在与郑州九中承建的海航班负责人、老师座谈时，马晓梅提及合肥十中1901班几名学员被分流的事，现场落了泪。

郑州九中海航班负责人很是好奇，问她："一般情况下，学员在高二被分流时，班主任的反应会比较大，您才带他们一年，与他们就有这么深的感情吗？"

马晓梅动情地答道："也不知道为什么，得知几个孩子要被分流，离开海航班，我就觉得像是自己身上掉了一块肉。"

郑州九中较早承办海军青少年航空学校，积累了不少经验。马晓梅问他们："对于被分流的学员，你们有什么办法能让他们留下来继续读书？"对方说他们正在做相关方案。马晓梅一听，立马来了精神，当场请他们"剧透"一下方案的大概内容。

按照郑州九中准备中的方案，海航班学员分流但不分班，被分流的学员除了不再享受海航班学员的政策，其他都不变。了解到郑州九中的方案后，马晓梅觉得自己之前与徐亚飞商议的办法与郑州九中的做法不谋而合。心里有了底的她，连日来的低迷情绪立马好转了不少。

座谈会结束后，马晓梅分别给几个被分流的学员的家长打电话，询问他们如果分流不分班，愿不愿意让自己的孩子继续留在海航班学习。当时，被分流的几个学员，有的已经在办转学手续，有的仍处在观望与煎熬之中。刘东鸣的爸爸得知这个消息后喜出望外，立马向马晓梅表态：愿意让孩子留下来，哪怕多交学费，他都愿意。其他几位被分流的学生的家长也纷纷作出类似的承诺，这让马晓梅有了更多的信心和底气。

马晓梅将了解到的几位学生家长的意见转告给了徐亚飞，徐亚飞当即给时任合肥十中校长胡焰根打电话，问道："合肥十中是否可以像郑州九中一样，探索和尝试新办法对待被分流的学生？"胡焰根沉吟了片刻，便说："等你们回来研究。"为了抢时间和进度，让被分流的几个学员放下心来，徐亚飞顾不得多想，在电话里就催问胡焰根："请您再考虑一下，是否可以现在拍板？"胡焰根理解他们的急切心情，更赞赏他们对被分流学员的关心与负责任的态度，当即便说:"可以,先按照这个思路来推动。你们回来后,将具体情况汇报一下,(校领导)班子通气后,就可以正式敲定。"得到肯定的答复后,徐亚飞和马晓梅格外高兴,两人的心情都变得轻松了。

从郑州回到合肥后,徐亚飞与马晓梅将考察情况和相关建议向校领导作了汇报。没过几天,急切的马晓梅来到姜际龙的办公室,开门见山地问道:"海航班学员分流不分班的做法,现在是否确定了?"姜际龙给了马晓梅一个肯定的答复,并带着敬意说:"马老师完全出于爱护学生的真心、苦心,才能这样想尽办法,甚至为他们奔走呼告。现在回想,当初推荐您做首届海航班班主任,是一个非常正确的选择。"马晓梅得到肯定的答复后很是高兴,便说:"学生体检没过关,又要经受被分流的痛苦,这让我感到非常难过。不论是否被分流,海航1901班的学生能继续在一起学习、训练与生活,集体的力量不会削弱,他们也能相互促进、共同成长。我一直坚信的,就是做一件事如果是出于爱,而不是出于功利的考虑,那么事情的发展就不会糟糕。这可能就是善心的力量、生命的力量,这些力量支撑着我去争取一切的可能。我觉得这不叫奉献,而是在做对的事情,做适合的事情。"马晓梅这番发自肺腑的话,让姜际龙频频颔首。

当晚回到家，马晓梅踏踏实实地睡了个安稳觉，连续多日出现的失眠症状，不治而愈。

很快，海航1901班学员都得知了分流不分班的消息，像是遇到了一件大喜事，每个人都笑得很开心。对于班主任在学员分流这件事上花费的心思与精力，学员们也有所耳闻，他们看马老师的眼神比以前多了一些敬意。从他们的眼神中，马晓梅读到了更多的信任与尊重。此后的日子里，在与他们的谈心、交流中，马晓梅得知了他们当时的想法——马晓梅这位班主任的确不一样，对学生的爱护与关心是纯粹的，真正发自内心，值得他们每个人尊敬。

分流不分班，这一创新做法来之不易，于是，马晓梅反复提醒分流不分班的几位学员：既然留在了海航1901班，就要认真遵守学校和班级的规章制度，用实际行动证明自己，不辜负学校信任和各界期盼；如果不严格要求自己，认为班级管理制度可有可无，学习、训练状态松松垮垮，那就会影响到整个班级的稳定，自然就不能继续待在海航班。

"海航班培养的是精英人才，这个主要目标不能被耽误，不能因为考虑被分流的学生的学习与培养，就顾此失彼。"马晓梅对被分流的几名学生动之以情，晓之以理。响鼓不用重锤敲，包括刘东鸣在内的几名被分流的学生，都明白了学校在遵循原则的基础上作出的灵活处理，而班主任马晓梅的良苦用心，让他们深受感动。

为了激发正向竞争，在班级内形成更为良好的学习氛围，马晓梅将海航1901班学员分成了雄鹰团和猛虎团。雄鹰团由体检合格的学生组成，程风华担任这个团的团长。分流但未分班的几个学生组成了猛虎团，由刘东鸣担任该团团长。

两个团的名字都寄托了马晓梅的心愿。前者象征雄鹰一飞冲天，高高飞翔；后者寓意猛虎下山，其势常在，而且不可抵挡。在此后的学习中，人数很少的猛虎团并不示弱，与雄鹰团展开了一项又一项的学习比赛。

每逢体检，海航1901班的氛围就格外紧张。每个人的心里难免会七上八下，生怕因为身体出现这样或那样的变化而遭淘汰。

高二第二学期，全班又一次进行体检。刘胜海的心又一次提了起来，他虽然留在了海航班，但一直担心随时被淘汰"出局"。体检当天的上午，几位医生对他进行了会诊。下午，刘胜海与同学打扫教室时，心里始终不踏实，他迫切想知道这次的体检结果，便找到马老师询问。马老师安慰他："要放宽心态，别将自己搞得紧张兮兮的。"刘胜海点点头，向马晓梅道谢后，转身出了门。

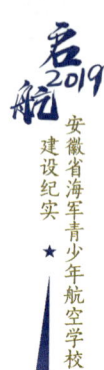

收拾换洗衣服和必备物品后,刘胜海步出合肥十中的校门。第二天要考试,他与程风华、杜啸远都分在距离学校较远的一个考点。晚上,杜啸远妈妈带着刘胜海、程风华与杜啸远去吃烤肉。吃饭间,杜啸远妈妈的手机铃声响起,一看是马老师的电话,她赶忙接通了,得知马老师要联系刘胜海,便将手机递给刘胜海。

刘胜海不明所以,问:"马老师好!您有事找我?"

"现在给你打电话,你紧张不紧张?"马晓梅并未直接回答,反而问了刘胜海一句。

刘胜海愣了一下,忙问道:"您说的是体检吗?"

"是这件事!"马晓梅快速答道。

"我没过关吗?"刘胜海的声音顿时低了下去。

"好吧,不和你开玩笑了。"马晓梅一字一顿地说,"(海军)招飞办说你可以留下来。"

"啊……啊……这是好消息啊!谢谢……谢谢马老师!"刘胜海忙不迭地表达感谢,瞬间,巨大的喜悦淹没了他。

临近高考,合肥十中海航 1901 班学员要去郑州体检。这一次,刘胜海连书都没带,就与班上同学坐上了大巴车。行车途中,欢声笑语不断。班干部在车上组织了文艺节目表演,每个学生都要展示自己的才艺，刘胜海卖力地唱了一首流行歌曲。

到郑州体检，刘胜海与何嘉文住在一个房间。何嘉文的视力情况不太理想，他心里不安，嘴里念叨着："视力检测要是过不了关，怎么办？""既来之，则安之。"刘胜海便拿马老师宽慰他的话安慰何嘉文。

那么，到底该怎么解决问题呢？刘胜海深深记得马老师平时给他们讲过的应对问题的"三阶段"做法：第一阶段，即问题未产生之前，应该做的是防患于未然；第二阶段，就是问题产生之后，应及时想方设法解决问题，最大程度降低损失或减小影响；到了第三阶段，就是坦然接受。这"三阶段"做法，他觉得很实用。

因为之前的经历，加上马老师的开导，刘胜海觉得自己的心态变好了不少，能够比较坦然地面对自己的身体情况。即使最终因为体检不过关而不能参加飞行招考，他也能接受。眼下，他要做的就是卸下包袱、顺其自然。

起初给刘胜海检查眼睛的只有一位医生。检查时，这位医生通过仪器对他的眼睛看了又看，随后就起身出了检查室，请来了当天为学员进行体检的多名医生。他们对刘胜海的眼睛检查情况进行了评估。不过，他们都很慎重，现场仍未给出结论。

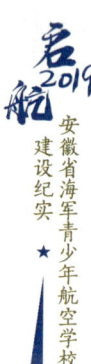

过了一会儿,马晓梅将刘胜海等几个学生召集到一起,告诉他们,各人的体检情况不尽相同。这时刘胜海才得知,自己的视力正压着红线,到底能不能参加招飞,还要等待有关方面给出结论。

接着,刘胜海等几位学生被带进一个房间,当时里面已经坐了不少人。在现场,刘胜海被告知,他的视力检查结果不太符合海军飞行员招收标准。这等于正式下了结论。刘胜海看了看检测结果,便拿起面前的笔,在上面签了字。

刘胜海刚走出房间,马晓梅就走了过来,给了他一个拥抱。"你是一棵好苗子,在学校的表现一直很好,因为眼睛这一点情况不能参加招飞,实在是遗憾。虽然当不了飞行员,但你还有更多的选择,可以考到其他军校深造,将来毕业工作后,老师相信你一定会做得很出色。"马晓梅一边安慰着刘胜海,一边忍不住流下了眼泪。

当天晚上,为了平复刘胜海等被分流的学生的情绪,马晓梅领着他们来到所住宾馆的大厅休憩区,给每个学生都点了饮料和甜点。谈起今后的打算和未来想要从事的职业,师生之间像是有说不完的话。最后,他们举起饮料杯,一起干杯,相约未来。

不过,回到合肥后的刘胜海,在情绪上又遭遇了一次起伏。当时,合肥市高三学生进行"三模"测试，这是合肥市第一中学、合肥市第六中学、合肥市第八中学联合命制的试卷。考试结果公布后，刘胜海有些不淡定。他的考试成绩在全年级排名第一，比排在第二名的学生高出40分。若非眼睛存在的一点问题，刘胜海自认为有机会考入清华大学或北京大学。心理落差很大的他，又一次打电话给家人，诉说心中的不甘。刘胜海的爸爸劝他不要钻牛角尖，刘胜海的初中班主任知道后，也专门联系刘胜海。他们的劝慰与马晓梅的开导，汇合成了一股力量，促使刘胜海迅速调整了心态，备战即将到来的高考。

作为被分流的学员，刘东鸣同样产生了心理落差。好在分流不分班，能继续留在海航1901班学习，这是当时让他最开心的事。刘东鸣带着对马老师的感恩、对同窗的情谊，继续做着劳育中队长，并任劳任怨地干着猛虎团团长的分内事，丝毫不含糊。

到高三时，学习任务变重，学生的户外运动时间明显减少。在马晓梅的引导下，师生齐心协力，将一套视力恢复操拆解成了时长30秒的一组动作。拆解后，白天课间和晚自习时，海航1901班学员都可以做视力恢复操。对应着每天的课余时间，刘东鸣领着全班同学练习视力恢复操，他把每一次练习的时间都掐得很准，从不拖沓、延误。由于日日练习，海航1901班学员的视力水平，整体上保持着比较理

想的状态。

三年来,合肥十中海航1901班的班费管理工作,由刘东鸣与程风华负责。两人对班级收支作了详细记录,同时彼此提醒、相互监督,使得全班的账单一目了然,未出现过一次差错。这让马晓梅和全班同学既感到放心,又对他们做事的细心、扎实感到敬佩。

郑州体检之后,除了猛虎团与雄鹰团的人数发生了变化,其他一切如常,合肥十中海航1901班整体上保持着稳定状态。分流不分班的做法,让学生可以安心学习、训练。连续几年的实践和高考结果表明,这一办法既符合实际,又行之有效,深受海航班学员、家长及教师的欢迎。

十四　思想淬炼

合肥十中海航 1901 班学员进入高三后,马晓梅发现,竟有几位学员在未来的选择上仍处于摇摆之中。换言之,他们仍未坚定报考军校的念头。

马晓梅决定各个击破,找他们一一谈心。

"你确定自己不适合参加招飞吗？"

"我也不清楚。"

"那么,请闭上眼睛,内观自己,听一听内心深处的想法。"

被谈话的一位学生平时比较调皮,文化课成绩也一般,随时可能被淘汰。马晓梅的话,让他如梦初醒。他意识到,自己不能再糊里糊涂,不能忘记就读海航班的初衷,必须要保持警醒、调整自己。这次谈话对这名学生影响很大。高考成绩揭晓,他被海军航空大学录取,当然,也收获了老师、同学与亲友的称赞与祝贺。

马晓梅曾就海航 1901 班班主任工作与他人做过交流:"我始终秉持这样的理念:教育是对生命的尊重和陪伴,引导学生内观自己、外观世界,形成正确的自我认知,并以较大的格局思考问题,从而最终能最大化地发展自我。担任海航 1901 班班主任期间,

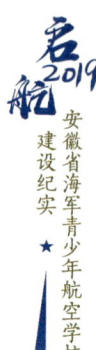

我尽量理性且耐心地面对各个不同的鲜活的生命，促使他们不断进步和发展，力争为国家培养更多更优秀的海军航空飞行和指挥后备人才。"马晓梅坦承，在此过程中遇到了不少困难，但她始终没有灰心，总是不断地给自己打气、鼓劲，加之学校给予支持、帮助，最终破解了许多难题。

马晓梅发现，有的学生处在"边缘状态"，如果不注意他的思想状况，不与他深入谈心、交流，就不能促使他正向改变，他可能就像一株没被扶正的树苗一样渐渐长歪。"学生好比面粉，要让他变成面团，就要加水，水就是大道，就是信念。在变成面团的过程中，还要施以揉的动作和恰到好处的力量，这是功夫活。"马晓梅这样理解教育。

在马晓梅看来，因材施教、分层教育说起来容易，真正做到却十分不易。不同于生产线上的产品，进入学校的每一个学生都是鲜活的个体，原生家庭情况不同，性格、习惯也都不一样。到毕业时，他们也不可能一模一样。只有尊重每一个生命，尊重他们的多样性，才可能开出不一样的花，结出不一样的果实。合肥十中海航1901班学员毕业后，马晓梅有时还会反思自己在教育教学与管理中的不足之处。不可否认，有个别学员的潜力或许未被全部激发出来，其潜能也可能未被及时、充分地挖掘。"月有缺，玉有瑕，世间的事很难做到完美，对于我而言，那些大概就是一种遗憾。"对于马晓梅来说，这种遗憾一直存在于她的心里，挥之不去。当然，这种遗憾也会一直警醒她，让她此后在从事教学与管理时，必须考虑能不能让学生身上的闪光点充分展现出来。

合肥十中海航班犹如一个熔炉，身在其中的学子如一块块钢铁，接受着一次次锻造。

三年中，除了参加军事训练、体育锻炼、野外拉练以及义务劳动等，合肥十中海航1901班还开展了丰富的社会实践活动，学员们时时接受思想上的淬炼。组织参观渡江战役纪念馆、合肥蜀山烈士陵园、安徽名人馆，为的是引导学员缅怀革命先辈、致敬文化先贤，培养家国情怀与崇高品质；组织参观世界制造业大会场馆、安徽创新馆，可以让学员们保持对火热生活的体察，切身感受激荡澎湃的制造业发展潮流与江淮大地上的创新创造实践。

"海航班的目标是培养优秀的军人。优秀的军人要做到有刚有柔，就是对敌人要敢于斗争，对百姓要彬彬有礼。他的一言一行，既要透着坚定、果敢，又要不失温情。"马晓梅希望从合肥十中海航班走出去的学生，不仅要在行为举止上做到刚柔并济，还要胸怀天下，关心国家大事，关注国际局势，就像

明代学者顾宪成所说的:"风声雨声读书声,声声入耳;家事国事天下事,事事关心。"在海航1901班进入高三阶段后,为了统筹安排他们的学习,马晓梅作出了一项调整,就是将每天必看的《新闻联播》,改为每周收看《新闻周刊》。

海航1901班学员经常利用班会课阅读《人民海军》报,并在班会课上分享各自的感悟。马晓梅所在的教师办公室,是海航班学员经常"光顾"的地方,里面设有专门的书柜,放置有《人民海军》报和《舰载武器》《舰船知识》《中国国家地理》等数百种报纸、杂志和书籍,以军事方面的书籍、杂志居多。每隔一段时间,这里就会有新的书刊上架。

刘东鸣从书柜里借走了余华的《活着》。"看完了《活着》,当时心情很不平静,我觉得自己对生命、生存多了些理解。"回望当初的阅读,刘东鸣觉得,它丰富了自己的心灵。何嘉文也爱看书,尤其喜欢借阅《中国海军》《中国兵器》《海军武器大百科》等书籍,以及杂志《当代海军》。

在倡导阅读的氛围下,假期成了海航1901班学员阅读的最佳时间。利用节假日,他们如饥似渴地阅读了《蓝色档案》《认识飞行》《认识航空》《操纵杆和方向舵》等大量书籍。丰富的精神食粮拓宽了学员的视野,滋养着他们的心灵。

学员的一言一行关乎着海航班的形象，因此时刻为马晓梅所关注。

冬日，雪后的一天，当周轮值德育班班长的刘东鸣与班上几个同学玩起了打雪仗。回到教室后，他刚坐下，便被马晓梅找去谈话。

马晓梅直奔主题，问刘东鸣："你想一想，今天有没有做得不妥的事情？"见刘东鸣不明所以，马晓梅便提醒说："你既然身穿海军迷彩服，就代表着一定的身份，在公开场合与同学打雪仗，这合适吗？作为轮值的德育班班长，要不要带头遵守纪律规定？脑子里有没有绷紧一根弦？"马晓梅的发问像一把利刃，连连戳中问题的要害。刘东鸣的脸红了又红，他意识到了自己当天行事莽撞，损害了海航班的形象。

从日常做起，小事不小。点点滴滴，可以汇成强大力量。

每天用餐前，海航1901班学员会喊一句口号："天道行健，君子自强；自强之路，坦坦荡荡。"这也是马晓梅引导学生培养"宇宙意识"的方式。

她一直觉得，"宇宙意识"是一种整体意识，也是一种大局观："作为海航班学员，必须跳出'小我'看世界，要认识到宇宙万物是一体的，每个人只是宇宙中小小的一分子。以更宽阔的视野观察事

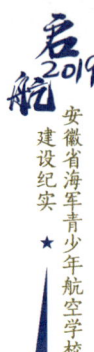

物，就会减少私心杂念，更好地树立远大理想和长远目标。"

马晓梅觉得，宇宙浩渺无边，而人心是可以感知的"小宇宙"，这当中蕴藏着无尽的奥秘，也蕴含着无穷的力量。每个人都要发现自己的"小宇宙"，挖掘自己的潜力，敢于突破自我，尽力做到以强大的自我战胜所面临的困难和挫折。爱世界，也爱自己，就可以做到自尊自爱、自强不息。

一开始，周成林听马老师讲宇宙、讲哲学，觉得这与自己的学习关联不大，以致探究的兴趣不高。随着学习与理解的深入，他觉得马老师所讲解的"宇宙意识"与哲学观点让人很受启发。在他眼里，马老师如同自己的母亲，对自己的成长，尤其是树立正确的"三观"，起了很大的引导作用。

2022年3月，距海航1901班学员毕业尚有几个月的时间，孙强履新合肥十中党委书记。之前，他相继担任合肥市第十一中学办公室主任、合肥市国防教育学校副校长、合肥市第八中学副校长，具有较高的理论水平和丰富的实践经验。

上任之后，孙强发现，合肥十中教师教而不倦，特别勤勉、务实，对待学生充满亲和力；学生则学而不怠，充满着朝气，透着乐观、自信。这些都让他欣喜不已。

当年五四青年节，合肥十中举办了一场特殊的午餐会。在午餐会上，校领导陪同学生吃饭、聊天。这样的餐叙让学生比较放松。有的学生当着校领导的面提建议；有的则将发言内容打印在纸上，并送到孙强手中。"这把我给暖到了，纸上的字字句句，饱含着他们对学校的深厚感情。"孙强笑言。

除了午餐会，合肥十中推行多年的陪餐制同样受到学生的欢迎。学校领导与管理人员轮流到食堂，与不同年级的学生一起就餐，海航班学员尤其受到他们的关注。在与海航班学员餐叙时，孙强问得特别细致，包括他们的学习、生活和思想情况。"海航班学员，作为未来飞天巡海的重要力量，培根铸魂尤为重要，如果他们没有树立远人志向和献身国防的理想信念，就会成为立不住、站不稳的无根之木。"孙强认为海航班学员的成长、锤炼，关系到未来，关乎"国之大者"。

浇花，当浇根；育人，须育心。合肥十中对于包括海航班学员在内的学生的思想教育，体现在为人师表者的传授与交流中，也体现在"润物细无声"的校园文化熏陶中。合肥十中校园内的宣传栏、提示牌、黑板报等，屡见有关党史、国史、军史以及校园文化的介绍。行走于校园之中，学生时时、处处可以感知德育的元素与力量。

爱党爱国是海航班学员的底色。在重要时间、节点,合肥十中更是注重将党史、国史教育融入海航班学员的学习之中,让他们获得精神上的熏陶,从中汲取智慧、力量。

2023年2月6日,孙强以"学习二十大·奋斗正青春"为题,给全体海航班学员上了一堂生动的思政课。孙强结合案例,条分缕析,使得40分钟的授课精彩异常。为了让学生对课堂内容入耳入心,这堂思政课还设有朗诵与交流环节。根据安排,听课的学生大声朗读了党的二十大报告中有关青年的一段寄语:"青年强,则国家强。当代中国青年生逢其时,施展才干的舞台无比广阔,实现梦想的前景无比光明。"铿锵有力的声音,传递出一种昂扬向上的力量。随后,孙强就这段寄语,让在场的学员结合海航班管理、个人实际,畅谈心得体会。一位学员表示:"我们来到海航班,怀抱着成为海军飞行员的理想,未来就是要争做海空雄鹰,守护我们的家园,为祖国和中华民族作贡献。"话音刚落,现场响起一片掌声。

青少年阶段是人生的"拔节孕穗期","扣好人生的第一粒扣子"至关重要。在开展思政教育、为青年学子点亮心中的理想之灯时,孙强非常注重交流的方式方法,避免进行枯燥的说教。有一次,在为包括海航班学员在内的团员上团课时，孙强特意讲述了有关禅师佛印与苏东坡的一则寓言故事。故事的大概内容是，有一次，苏东坡对正在打坐的佛印开了个玩笑，说："大师，我看你坐的姿势像一坨牛粪。"佛印笑着说："我看你坐的样子像一尊佛。"苏东坡回家后，把自己"斗胜"佛印的事告诉了苏小妹。苏小妹说："佛门讲究心境，佛印看你像一尊佛，表明他心里有佛；而你看他像一坨牛粪，说明你心里不纯净。"苏东坡哑然，方知自己的禅功不如禅师佛印。

　　孙强以这则故事为切口，希望所有学生都能保持积极、健康的心态，因为这对他们的学习、生活乃至今后的人生百利而无一害。

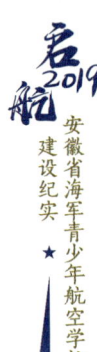

十五 嬗变之道

2023年12月31日,这是雪后的一个晴日,天空湛蓝如洗,空气格外清新。笔者与央视记者王新然约在北京的一个咖啡厅见面。说起一年多前她与同事前往合肥十中的采访,她坦言,当时合肥十中海航1901班学员临近毕业,如果较早跟拍这个班和一些学生,相信会有更多精彩的镜头。自从那一次采访后,她与合肥十中首届海航班的多位毕业生保持着联系。"将来,也许会做这些学生成长的专题节目。"王新然有这样的想法。

王新然到合肥十中采访,缘于有关方面的推荐。当时,她对合肥十中海航1901班的情况并不熟悉。

2022年5月的一天,忙碌中的徐亚飞接到王新然打来的电话。得知对方要来学校采访海航班相关事项,徐亚飞有些激动,毕竟合肥十中承办海航班的时间不长,他没想到这么快就得到了央媒的关注。

在电话里,徐亚飞简要地向王新然介绍了海航1901班的情况。他告诉王新然:"建议你和马晓梅老师多交流,她最熟悉这个班学生的情况。"随后,徐亚飞就央视记者准备到校采访一事,向校领导作了汇报。合肥十中相关领导对此很重视,安排徐亚飞等人负责接待。

与此同时,徐亚飞也将央视记者来访的消息告诉了马晓梅,并嘱咐马晓梅:"师傅,到时请抽空和他们说说啊。"在徐亚飞的心目中,马晓梅是一位令他尊敬的师长。对于马晓梅在教学上的敬业、创新等,他不仅钦佩,也时常向她请教、学习,故而常以"师傅"相称。担心马晓梅不愿意接受采访,徐亚飞觉得有必要提前做马晓梅的思想工作。之前,不少媒体联系过马晓梅,打算做些访谈,都被她婉拒了。这一次来采访的央视记者,是相关领域宣传报道的行家,徐亚飞说服马晓梅接受了采访,并做了些准备工作。

其实,赴皖之前,王新然已通过有关部门,在重庆、成都采访了当地的海军青少年航空学校,积累了不少素材。在与徐亚飞通完电话后,她很快就拨通了马晓梅的手机。

这是王新然与马晓梅的第一次沟通,彼此投缘,通话长达一个多小时。正是这通电话,让王新然生出了强烈的好奇心。她与马晓梅虽未谋面,但凭自己多年的工作经验,大致可知马晓梅是一个有故事的人,她相信,马晓梅带领的合肥十中海航 1901 班,值得她与同事前往采访、跟拍,马晓梅与学生之间发生的故事,在挖掘、梳理后,可通过恰切的视角去呈

现。做了案头工作与分析研判后,王新然便与同事动身前往合肥。

与王新然初次通话后,马晓梅同样对王新然有了好印象:"沟通中,她能说到我的心坎上,比较懂我。"

2022年6月,王新然与摄制团队来到合肥十中。与学校领导见面,同马晓梅面叙,王新然与同事马不停蹄,即刻投入采访中。

那段时间,合肥天气炎热,王新然与同事每天都在大汗淋漓中完成采访。从寝室到食堂,从早训到上课,他们拍摄了合肥十中海航1901班学员一天的学习、训练、就餐与休息等。为了记录学员的家庭生活,展现学员的成长轨迹,王新然还到海航1901班几位学员的家里进行了采访。她与同事还跟拍了海航班学员的早训。有一天,凌晨四点不到,王新然与同事就到了海航班军事教官的家里,从他自家中出发到他迈进合肥十中的校门,直至对海航班学员进行早训,一路跟拍。

随着沟通的深入,王新然愈发觉得马晓梅是一位很特别的班主任,在班级管理和教学实践上有着鲜明而独特的理念,尤其是她能够平等地对待每一个学生,尽一切可能去陪伴、爱护与培养所有学生,这让王新然很有感触。

王新然通过采访了解到，合肥十中海航1901班的学生在刚进校时，对于未来的选择，并没有那么清晰和深刻的认知，但是经过一段时间的学习、锤炼后，大多数发生了变化：有的学生增加了自信，有的学生被激发了潜能，有的学生则明显有了大局观和团队协作意识。按照马晓梅的说法，每个人的内心都有一个"小宇宙"，得益于班级管理的创新举措，一些东西潜移默化地根植于学生的内心中。当然，引导学生成长，激发他们的潜能，不是一天两天的事，也不是几个学生做到就行，而是要尽可能地让更多的学生改变自己。

"马老师担任首届海航班班主任时，考虑问题、筹划工作着眼于长远，她往往能直接抓住问题的核心、事情的关键之处。在她看来，海航班学员的成长和未来的发展，不仅关系个人、家庭和学校，而且关乎国家战略。在相对比较高的层面上，马老师总是想办法调动学生提升自我、打开格局。"王新然认为，培养海航班学员，目标远大，要做的事则具体而烦琐。马晓梅在履行班主任职责和完成正常的教学任务之余，为合肥十中海航班建设做了许多探索与实践。

邵一航曾担任海航1901班体育中队长。除了为队员开展培训，他还需要规划、组织、参与所有与体育相关的活动。在与体育中队成员乃至全班同学交流时,他觉得自己存在很大不足,说出的话往往词不达意,甚至有些语无伦次。马晓梅看出他的窘迫与畏难情绪,就问他:"难道你要一辈子都这样吗？如果不去大胆尝试,怎么能提升自己的沟通能力呢？"邵一航听后,连连点头。他向马晓梅表示,自己需要一些时间来调整与锻炼,相信会有改变。

邵一航爱好打篮球、弹吉他,歌也唱得好,体育成绩一直比较突出,但是文化课成绩不理想,拖了后腿。"当时,自己的思想认识存在错误,以为初中毕业了,到高中后就可以松一松、歇一歇。"邵一航坦言。在学习上,邵一航一度落后于其他同学。高二下学期,他的多门功课成绩仍处于落后状态。眼看就要进入高三,各科的学习任务都比较重,要是成绩还不能提升,一年后考不上大学,该怎么办？邵一航着急了。

焦虑的邵一航被马晓梅找去谈心。马晓梅帮他分析了文化课成绩落后的原因,叮嘱他必须要奋起直追,不然,留给他的就是深深的遗憾与无尽的后悔。实际上,在此之前,马晓梅在与邵一航"笔聊"时就提醒过他,人生的路需要一步步走踏实,尤其到了关键阶段,千万不能掉链子。但那时,邵一航觉得还有不少时间可供自己调整、追赶。

经过马晓梅的分析，邵一航意识到已经火烧眉毛，再不补缺补差，自己就可能像赶动车一样，一旦错过了时间点，就来不及了。难道自己就甘心落后吗？邵一航给自己制订了一份学习计划，以便对照执行，争取在文化课学习上取得突破。发奋的邵一航果然不负马晓梅的期望，他的高考成绩超越一本线30多分，顺利被海军航空大学录取。

在邵一航的眼里，同窗三载的程风华变化最大，他的变化是内在的，不易察觉。从进校开始，程风华的文化课成绩长期排在首位。"他对自己有比较清楚的定位，在学习上特别用功，而且持之以恒。三年中，他的成绩基本位列班级第一，估计当时他也有被追赶的压力。"作为体育中队长，邵一航与程风华有过多次合作，程风华给他的印象，就是说话、做事比较成熟。到高中毕业时，程风华基本完成了向大学生的角色转变。

在同学眼里格外优秀的程风华，自认为在合肥十中海航1901班的三年，是尝试改变、挑战自我的三年，也是克服心理障碍、努力坚持到底的三年。

以前，自己有什么想法或者受了委屈，程风华都会搁在心里，有时候也会写进日记里。就读合肥十中海航1901班后，程风华给父母打电话，觉得自己的话明显比以前多了。他把原因归结为离家之后的

心理变化与情感诉求。

初进海航班，程风华觉得各方面的节奏都加快了，与初中的学习、生活大为不同。连续的高强度训练、严格的军事化管理等，曾让他一时难以适应。又累又烦之际，程风华竟动过回老家高中读书的念头。

与合肥十中其他班级相比，海航1901班学员的英语听力水平较低。师生们经过交流、分析，认为原因是全班学员来自全省各地，在初中阶段，对英语口语的日常训练比较少，学员在英语单词的发音上存在不标准的情况。程风华在英语听力上就丢过不少分，自尊心特别强的他，为此还偷偷掉过眼泪。

马晓梅注意到程风华为英语听力发愁，特意将他喊到办公室谈话。站在马晓梅的面前，程风华的眼里闪过一丝不安。马晓梅知道他学习向来刻苦，就问了问他课余时间的大致安排，以及在英语听力上做了哪些训练。问清情况后，马晓梅想到了提高英语听力水平的相应对策："要想提高英语听力成绩，除了课堂上的学习，比较可行的办法，就是要学会利用'零碎时间'，在这方面，你要做出示范。"至于何为"零碎时间"，马晓梅并未细说，她相信程风华一点就通。

在马晓梅的提示与点拨下，程风华明白了自己要做什么。课余，凡是能利用的时间，程风华都抓紧练习英语听力，哪怕睡觉前也要练习一下。经过一段时间的强化训练，程风华的英语听力成绩提上来了，他自然也将自己的做法分享给了全班同学。

回顾在合肥十中首届海航班的学习，甘承志承认自己在刚进校时很少主动与老师、同学交流。"只是随大流，没有明确的目标，自己的文化课成绩一度排在班级十几名、年级百名左右。对班级的一些规定，当时不太理解，对于要求走路喊口号、到超市按规定买东西还存有抵触情绪。"甘承志记得，有一次他偷偷去超市买了一份食品，被室友发现了，在室友的提醒下，他想到吃下去有可能影响身体，同时会受到处罚，便与超市商量，退回了没有食用的食品。

与班上其他同学一样，甘承志与马晓梅有过多次"笔聊"。通过"笔聊"，甘承志意识到，本着对自己的未来负责任的态度，现阶段他就要制订学习计划，不能脚踩西瓜皮，过一天是一天。下了功夫后，甘承志的文化课成绩节节攀升。

进入高中之前，甘承志很少主动参与组织班级活动。不过，在合肥十中海航1901班，他的这一状态渐渐被改变了。高二寒假前，海航1901班准备举行元旦晚会，甘承志负责晚会的节目统筹。眼看距离晚会越来越近，节目编排的进度却很缓慢，马晓梅得

知后,急忙找来甘承志,提醒他这是一次集体活动,能为所有同学提供锻炼与展示的机会,得想办法与其他班干部协同推进,调动班上同学的积极性。马晓梅"面授机宜"后,甘承志有了底气和信心,主动与同学沟通晚会筹备事务,加紧排练节目,最终顺利完成了组织协调任务。

与马老师的"元旦谈心",被甘承志视为自己高中阶段的一个转折点。从此,他似"开悟"一般,意识到一个人要有格局与担当,多些"大我",少些"小我"。在参与班级管理时,任何一名学员只要站在集体角度和大的层面想问题、做选择,他就不容易犯错。

效仿军旅电视剧中的红蓝军对抗赛,合肥十中海航1901班推出一种挑战赛。从高一开始,学员与学员之间、"学院"与"学院"之间开展带有竞争性的比赛。他们在单科或综合成绩上发出挑战,制订挑战书、谋划制胜方案。这样的竞赛一直持续到高三。挑战书被张贴在教室墙壁上,动态呈现阶段性比赛结果。程风华觉得,这样的较量虽无"狼烟四起",也无"战马嘶鸣",却让人不敢掉以轻心,大家都憋着一股劲,谁也不甘落后。

在合肥十中海航1901班学习期间,程风华多次接受班上同学的挑战。挑战书上有挑战者的亲笔签名。作为"公证人",马晓梅会进行全程监督。在挑战中,哪个学员或"学院"赢了,就可以获得奖励;挑战失败的学员或"学院",得购买一些食品作为获胜方的奖品。

挑战赛的颁奖仪式有一个比较独特的安排,那就是获胜方先走上讲台,接着由失利方带着奖品为获胜方颁奖,并且当面表示祝贺:"你(们)赢了!"作出这样的安排,为的是考验失利方的心理承受力,激发他们不认输的斗志。

在敢想敢拼的氛围中,海航1901班学员你争我赶,共同进步。

杜啸远进校时,他的成绩排名与甘承志接近,两人一度被戏称为"百名守门员"。后来,甘承志的成绩提升了,落于下风的杜啸远开始着急了,心里琢磨着这一变化的缘由:甘承志的数学成绩比较突出,而自己的数学、物理两门课的成绩都拖了后腿。为此,他暗暗下定决心,督促自己"跑步"赶上。

刘胜海的成绩曾名列全年级第一,杜啸远也"盯上"了他。尽管屡战屡败,多次给刘胜海颁奖,但杜啸远不肯认输。越往后,他的斗志越旺盛。课上课下,杜啸远着了魔一样地看书、做作业,一个晚上做两套理综卷子也是常有的事。有一次,杜啸远的文综、理综成绩加起来终于让他可以获得"学习之

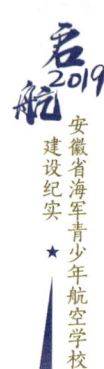

星",却被告知只发奖牌,不举行颁奖仪式。这让渴望赢得掌声的杜啸远有了一个小小的遗憾。

杜啸远一度认为自己是"问题少年",在海航班学习了三年后,他发生了蜕变。

几年前的一个鲁莽举动,铭刻在杜啸远的记忆深处。读初中时,因在一次考试时被误会作弊,他气不过,举起身边的一条凳子狠狠地砸向议论他的人,幸好未造成人身伤害。

刚到合肥十中时,杜啸远比较调皮,动不动就起哄,闹点动静。当时,他还喜欢写写画画。杜啸远通过学校生活老师和自己的家人,买来画笔等材料。一次,他将甘承志等三位同学画成肌肉男,还恶作剧般地起了外号。此外,他还将几个同学写进自撰的小说中。班级出黑板报,负责画画的杜啸远因为画了女性身体而被同学指责。杜啸远在心理上接受不了质疑与批评,便向马晓梅吐槽。马晓梅看看他,笑了,提醒他多琢磨琢磨。

有一次,马晓梅找来杜啸远,让他为班级出一期黑板报。因前次出黑板报未获得正向反馈,杜啸远这次对于出黑板报有明显的抵触情绪,表现出一副不情不愿的样子。马晓梅并未勉强或命令他必须出黑板报,也没有对他进行劝慰。同时,她也未安排班上其他学生来出这期黑板报。连续一个多月,教室后面的黑板就这么空了下来。杜啸远似乎意识到了什么，主动找到马晓梅，说教室后面的黑板一直空着，他觉得不太好，想继续出黑板报。可是马晓梅拒绝了他，但未说明拒绝他的原因。没过几天，杜啸远又一次找到马晓梅并申请出黑板报。见他似乎有点激动，马晓梅便问他："为什么不让你出黑板报，想明白了吗？"杜啸远挠挠头，不明所以。马晓梅见他仍未悟出自己的用意，就加重了语气说："回去再想想。"杜啸远答应了一声，便走出了马晓梅的办公室。

过了些天，杜啸远再次来到马晓梅的办公室，恳请为班级出黑板报。马晓梅问他："这次想明白了吗？"杜啸远点点头。看到杜啸远比较坚定，马晓梅便说："你当初出黑板报，只是想引起班上同学的注意，而不是真正地热爱这件事。如果是发自内心的喜欢，就应该努力做好，而不是在别人冷嘲热讽后就轻言放弃。正确的态度是，别人批评你，你要学会思考他们的批评有没有道理，你是不是要作出调整。"马晓梅的一番话彻底点醒了杜啸远。从此，杜啸远出黑板报的态度无比端正，而且会主动听取班上同学的意见。为了比拼黑板报的质量，各小队都争相请杜啸远帮忙配图。自然，杜啸远参与出黑板报的劲头更足了。

2024年2月,因寒假回到合肥的杜啸远在谈及自己就读合肥十中海航1901班时的言行时,有过一段自我剖析:"我来自单亲家庭,一直以来内心缺少安全感,当时又有逆反心理,入校后,希望能得到更多关注,觉得就要特立独行,跟别的同学不一样。在其他人看来,我的一些言语和做法有些哗众取宠。"杜啸远坦言:"还好马老师并没有另眼看待,她是一位注重因材施教的老师。你有问题,她就指出来;你表现得好,她就表扬。当时,她发现我进入海航班后心思飘忽不定,既有畏难情绪,也潜藏着不服气的心理。她多次找我谈心,引导我调整、改正。"

在合肥十中海航1901班学习期间,调皮的杜啸远在马晓梅的引导下,慢慢地改变着自己,明确了自己的人生目标。

曾有一个难题困扰过杜啸远——看起来大大咧咧的他,不知从何时起,患上了考试焦虑症。一到考试,他就莫名地紧张,平时会做的题目也不知道怎么写了。为了帮助他克服这一心魔,马晓梅多次找他谈心,了解他考试时的心理状况,帮他分析根源所在,让他尝试调整心态,将每次作业当作考试来对待。在马晓梅的建议下,杜啸远开始查漏补缺。他发现自己的生物、化学失分不多,但是物理、数学在解题思路上存在问题。针对自己的薄弱之处,杜啸远跟自己较劲,以扫除一只只"拦路虎"。渐渐地,杜啸远改掉了以前临考紧张的习惯,个人文化课成绩逐步得到了提升。

杜啸远刚进合肥十中海航1901班时,体能相当差,人也有些懒散。早上跑操,离集合还有几分钟他才起床,因为这一点,他屡次受到老师批评。晨跑时,才跑一圈,他就喘着粗气说:"报告!我实在跑不动了!"集训时,同学们一起在操场上做俯卧撑,他的动作总是做不到位,有的同学笑话他,形容他的姿势像在架高射炮。杜啸远听着心里很不是滋味,他暗暗发了狠,下定决心要证明自己能做到最好。高一寒假时,他偷偷给自己加练,从俯卧撑到跑操,所有训练项目,他一个没落下。仅动作做到位还不行,他给自己提出了更高的要求。经过持续训练,他发现自己的体能增强了。比如参加1000米长跑,以前他很可能中途就瘫倒在地上,随着体能的增强,他不仅不需要中途休息,而且速度也明显加快了。在高考之前的体能测试中,杜啸远的成绩超过了体育生,这让他感到特别骄傲。

刚入校时,合肥十中海航1901班学员入住寝室都是随机安排的。高一伊始,杨天翼与室友时不时出现争执。他不仅对自己要求很高,对别人也严

格，看不惯室友的做派，但又不主动跟他们沟通。尽管当时他做了小队长，但一心想着，只要把自己的学习搞好就行，其他的事可以不计较，实际上他也不想耗费时间和精力去协调、处理室友间的关系。

后来，寝室进行调整。对于这个机会，杨天翼自然不肯放过，他主动申请不再担任小队长。"实际上，他是借此离开以前的室友，不想与他们待在一起。这个时候，杨天翼个人的格局其实是有局限性的，说白了就是利己，不大考虑团队精神、集体协作。"马晓梅知道他的想法后，并没有阻止，也没有强迫他与室友搞好关系。马晓梅另有办法，她要做的，就是通过引导来改变杨天翼等人的想法。

寝室调整后需要重新选小队长，按照杨天翼的综合条件，他本应该被选为小队长，但马晓梅"剑走偏锋"，选择了一些有待调整成长方向的小队成员担任小队长。事实证明，"这一招"起到了出其不意的效果。担任小队长的这些学生，都想办法调整、改变自己。他们的表现最终得到了全体学员的认可。

马晓梅观察后发现，通过引导，杨天翼也在改变着自己。高一时，杨天翼多以自我为中心，到了高二，他发生了很大改变。当时，杨天翼担任物理课代表，并兼任"小老师"，负责协助物理老师收集、分析班上同学在物理学习上遇到的难点，按照物理学科的要求，与其他物理成绩出色的同学一起商议，每天都出一些物理题目，以供全班同学答题、讨论。轮值德育班班长时，杨天翼也特别认真负责，发现做得不妥之处，就主动与大家沟通并及时调整。高三毕业前，杨天翼找到马晓梅，对马晓梅敞开了心扉："马老师，对不起，高一时我太自以为是了。"马晓梅当然理解那时杨天翼的言行举止。经过三年学习，如今杨天翼像换了个人，跳出了"小我"，有了比较大的格局，这让她感到很欣慰。

经过投票，何嘉文被选为海航1901班美育中队长，负责班级活动的组织、主持。起初，在主持一个活动时，因为怯场，加之准备不充分，他刚说了前面的内容，就忘记了后面的流程与内容，现场卡壳。令他尴尬的不仅是卡壳，还因为他的临场应变能力不足，不能调动全班同学参与的积极性，现场气氛不够热烈。马晓梅注意到这一情况后，便有意识地进行引导，帮何嘉文解围。

何嘉文勉勉强强主持完当天的活动，活动结束后，他的情绪仍有些低落。马晓梅得知后，将他叫到办公室，对他进行心理疏导。站在马晓梅面前的何嘉文，依然为自己主持活动的表现感到自责。"没有人天生就会做事情，今后多组织、主持一些活动，就会得心应手。"马晓梅的话犹如春风，吹散了他的烦恼。此后何嘉文的表现果如马晓梅所言。他在主持活动时明显变得灵活了，能够比较自如地控场、调节气氛。考入大学后，何嘉文不仅在学习上表现得比较突出，而且在公众场合说起话来毫不怯场。

合肥十中海航 1901 班学员的文化课成绩，从入校之初的年级中等水平，逐渐进入到年级前列。他们的体育成绩一直遥遥领先，在学校一年一度的运动会上，合肥十中海航 1901 班学员频频获得奖牌。让马晓梅尤为欣喜的是，三年来，全体学员遵规守纪的觉悟持续提升。

在思想上、体能上、学习上，合肥十中海航 1901 班学员变化明显。他们的改变，验证了马晓梅在教育教学与班级管理上的思考与探索。"五育"并举的互交式管理模式还在实践中，在马晓梅看来，或许还有进一步探索的空间。

十六　飞向远方

高三下学期，一个周六的晚上，马晓梅像往常一样走进灯火通明的教室。

正在自习的海航1901班学员，每人领到了一个信封和几页信纸。正当大家不解时，马晓梅转身在黑板上写下了一行字："写给十年后的自己。"马晓梅向他们解释，希望他们每个人都能写一封信，为当下的自己留个纪念，也为未来的自己许下愿景，内容可长可短，写完后封存起来。

当场，师生约定，再过十年，由学生各自拆开自己所写的信。

每个人都很兴奋，畅想着十年后的情景。随后，教室内只听得见笔尖在纸上摩擦的声音。

程风华也和其他同学一样铺开了纸，他沉思了一会儿，便埋头写了起来。程风华写了什么，其他同学写了什么，至今仍是个谜，答案只有等到2032年才能知晓。

高考之前，程风华有如着了魔一样，每晚入睡前都要默念几遍"我要上清华"。他问周成林自己是不是太焦虑了，周成林安慰他："念念不忘，必有回响。相信自己，你一定会考上的。"

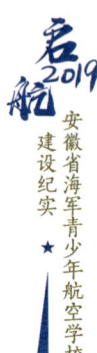

2022年6月,程风华的父母专程来到合肥陪他参加高考。到了6月7日这一天,程风华心里莫名地生出一丝紧张。当天下午考完数学,他在心里盘算着,对个别题目他有点吃不准。高考成绩公布那一天,程风华查询到自己的数学考了136分。对于这个成绩,他仍感到不满意,不过,自己悬着的心倒是放下了。

2022年高考,合肥十中首届海航班取得了令人瞩目的成绩:26名学生被录取为海军飞行学员,招飞录取率51%,居全国14所海军青少年航空学校第一,刷新了全国海航班招飞录取率历史纪录。合肥十中首届海航班毕业生的优异成绩,成为当年新闻媒体报道的一大热点。

这一年的7月21日,在合肥十中报告厅,安徽省海军青少年航空学校首届毕业生中的26名学员,身着蓝色夏装,佩戴红花和绶带,一个个健步走上主席台,从军地领导手上接过海军航空大学录取通知书。

"您被光荣录取为海军飞行员……祝您早日成为共和国的海空雄鹰!"

录取通知书上的祝贺语,道出了他们的心声。从这一刻起,他们向着海空迈出关键一步,成为最新一批舰载机"准飞行员"。

程风华走上发言席后,特意看了一眼坐在台下的父母。他们受学校的邀请,参加了海军在合肥十中举行的招飞录取通知书发放仪式。

程风华尽管内心有些激动,但仍保持着镇定。作为首届海航班毕业生代表,程风华说出了自己的心里话,也说出了许多海航班毕业生的心声:

依然记得,高一的我们天真烂漫,带着些茫然,紧张地走进学校。第一次穿上军装,仿佛自己已经是一名军人,可脸上仍带着些许青涩。

高一这一年,是我在母校海航班最初适应的一段时间。说实话,在参与高一军训之前,我从未经历过这么严苛的类军事化训练,当时真的觉得好累好烦,想要回去,回家去!可我最终还是没有当"逃兵",我咬牙坚持了下来。这一年的训练、学习,真是对我有很大的影响,感觉高一一年就像从指尖溜走了一般。

升到高二时,可能因为高一学弟的到来,我格外注意自己的仪容仪表和行为举止,生怕因为自己或其他战友的不当行为,影响了海航班的形象。按照马老师的引导,在注重修身的同时,我格外注重修心。高二一年,可以说是我的心智由幼稚到稳重的转折期,我深知成大事者必有大毅力,我总想不断锻炼自己、磨炼自己的意志。这一整年,我不断地自我提示,要努力做得更好。

进入高三,我突然感觉肩负的责任更重了,毕竟是大

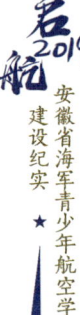

学长,而且面临着高考的压力,感觉身上的担子突然加重,我感受到压力,也更有动力。高三一整年,真的是令人终生难忘的一年,我收获了这三年的付出所结出的果实,我变得更加成熟、稳重、有格局,我获得了真挚的友情、师生情。往事一幕幕,再回首,令我倍感珍贵。

……

程风华发言时,字字句句,清晰有力。

甘承志虽未上台发言,但他也写下了自己对于母校合肥十中、对于首届海航班班主任马晓梅的深深谢意:

不知不觉间,三年已逝,我已然高考结束,从合肥十中毕业,即将进入大学的殿堂。再回首,这三年我改变了许多,亦成长了许多。而助我成长最多,也最令我感激的便是马晓梅老师。

三年间,马老师无时无刻不在陪伴着我们。她放弃了无数个假期与休息日,陪伴在我们身边,在我心中留下了很深刻的印象。她对待我们无微不至,充满关怀与包容,关心着我们的身体状况和学习进展,关心着我们的一点一滴,也包容我们的失误与缺点。她对我们的付出,早已超出一位班主任应承担的职责,她对待我们更像是母亲对待自己的孩子,令我无比感激。

马老师对我的影响远不止于此。回首三年前刚入校时，我是那么的懵懂与幼稚，对自己的未来规划没有那么清晰，更多的是迷茫。是马老师对我的包容与引领，帮助我突破了心灵的枷锁，突破了过往的束缚，让我摆脱了存在于内心深处的些许自卑，从此敢于在人前表现自己，甚至变得乐于表现。马老师还激发出我内心的善意，使我褪去身上的幼稚与戾气，变得成熟，变得会思考，变得能够考虑更长远的未来，变得能够考虑自己如何做会对一个团队更加有利。我慢慢学着成为一个善于思考的领先者，而非一个平平庸庸的追随者。感谢马老师为我们创造的平台和机会，以及这三年的一次又一次引领，让我们不断成长。每当我失误时，马老师都及时予以指点。正是马老师超强的工作能力，让我认识到了自己的不足，让我有了榜样与标杆，她为我明确了前进的方向。

每当我感到迷茫时，看着马老师，回想她说过的话，又总能找到自己前行的道路。我非常感谢马老师在这三年一直包容我小小的任性，保护着我那一份明明应当改变的执拗，让我成为一个本不应该存在的"特殊个体"。对这份包容，我一直铭记于心。

甘承志还记得，高考成绩发布那天，马老师问他有什么打算，他说了一所大学的名字。马老师明确告诉他，他过于低估自己了，依据他的成绩，可以选择清华大学或北京大学。综合父母的意见和个人意愿，甘承志填报了海军航空大学与北京大学，最终获

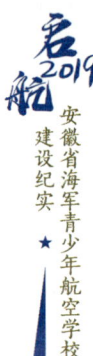

得了这两所大学联合培养的机会。

带着通知书,程风华与父母回到了老家。此时,程风华获得海军航空大学与清华大学"双学籍"培养资格的消息传遍了整个县城。他的初中母校还贴出了一份鲜艳的祝贺喜报。

这年的暑假,程风华特意去看望了初中班主任苏老师,还与几个初中同学在校园中逛了逛。那一天,走在校园中,程风华心里不禁生出感慨:三年前,如果合肥十中首届海航班没有面向全省遴选,或者自己没有报名参加,那现在的自己会是什么样的呢?十年后的自己,又是怎样的面貌呢?

送走了毕业生,合肥十中迎来了新的海航班学员。

2022年,通过初选考察、定选考核、政审、中考录取等环节,80名新生被录取为合肥十中海航班学员。至此,合肥十中海航班连续四年顺利完成招生计划,学校还应邀在全国海航班招生工作会上作经验介绍。

海航班的建设,丰富了合肥十中的人才培养模式,也逐渐让海魂蓝、迷彩色成为校园里一道靓丽的风景线。2023年4月,合肥十中被教育部、中央军委政治工作部评为"全国国防教育示范学校"。

2023年6月10日,马晓梅到北京出差。经协调，她和另外一位老师一起探望了正在清华大学学习的程风华和就读于北京大学的甘承志。

程风华告诉马晓梅，刚进入大学军训时，他的站姿被教官认为是全班最标准的，而且，他的文化课成绩一直位居前列。甘承志在高校的表现，同样可圈可点。马晓梅感到很欣慰。返程的路上，她忍不住感叹："我想，等我老了，面朝大海，看到飞机从天空飞过，飞向远方的舰艇，它可能就是我的学生驾驶的，这是多么令人骄傲的事情。"

2023年7月16日上午，安徽省海军青少年航空学校2023年海军飞行学员录取通知书发放仪式举行，第二届海航班的21名学员获得了海军航空大学录取通知书，成为"准飞行员"。2023年，合肥十中海航班的招飞录取总人数在全国14所海军青少年航空学校中位居前列，在首届海航班取得优异成绩的基础上再创佳绩。《安徽日报》于2023年9月15日刊登了一条新闻，其中写道：

合肥市第十中学是省级示范高中，2019年起承办安徽省海军青少年航空学校。走进学校，海航学员正在进行军事训练，学员们队列整齐、口令响亮，军体拳虎虎生威。

到合肥十中考察的安徽省有关领导要求，发挥学校优势，创新教学模式，将国防教育有机融入教育教学全过程，在青少年心中播撒崇军尚武、强国强军的种子，教育引导学生铸牢忠诚品格、刻苦学习训练、锤炼过硬作风，实现德智体美劳全面发展。

2023年9月28日，合肥十中海航班举行2022—2023学年第二学期"五育"奖学金发放仪式。仪式开始前，播放了海航班学员日常学习、训练的花絮，应邀到场观礼的学生家长，每个人都看得目不转睛。在当天的仪式上，合肥十中海航班60名学员分别获评"德育之星""智育之星""体育之星""美育之星""劳育之星（劳动之星）"，并被授予飞鲨银章和奖学金；获评"'五育'之星"的海航班8名学员，被授予飞鲨金章和奖学金。

每一名学员都很珍视自己获得的荣誉。程风华至今仍珍藏着合肥十中颁发的多枚"学习之星"和"卓越之星"奖章以及多份荣誉证书。

又一届海航班学员毕业了。

2024年7月14日上午，在合肥十中，一份份海军飞行学员录取通知书开始发放，领取到录取通知书的学员距离飞天巡海、逐梦深蓝的目标更近了一步。在合肥十中第三届海航班学员中，共有30人被海军航空大学录取，成为海军飞行学员。其中，5名学员获得"双学籍"培养资格，包括被清华大学录取的2

名学员、被北京大学录取的 1 名学员，另有 2 名学员被北京航空航天大学录取。

沧海横流，风正帆悬。自 2019 年扬帆启航，合肥十中海航班稳步前行，取得了亮眼的成绩。到 2024 年，合肥十中海航班共为国家输送了 77 名海军飞行学员，其中 8 人被推荐到清华大学、北京大学、北京航空航天大学进行"双学籍"联合培养，另有多人被海军大连舰艇学院等知名军事院校录取。

一批批海航班学员，带着坚定的信念和满腔热忱，如一只只"雏鹰"，从合肥振翅而飞，御风而行，正一步步飞向辽阔的海天，实现心中的蓝色梦想。

群鹰逐梦而飞，"筑梦"往事幕幕可忆。那些培育、守护"雏鹰"的日日夜夜，已然镌刻在安徽省海军青少年航空学校建设的"史记"里，留影在合肥十中的发展长卷中，更深深印刻在马晓梅等一众师者的脑海中。

战国思想家荀子说："国将兴，必贵师而重傅。"唐代文学家韩愈称："古之学者必有师。师者，所以传道受业解惑也。"宋朝诗人李觏言："善之本在教，教之本在师。"时移世易，师者之道不变。当下，为国育人才、筑栋梁的良师，总是眼含柔光、胸有天下，也总会受到世人的无限敬佩与礼赞。2024 年 9

月,在第 40 个教师节来临之际,为大力弘扬教育家精神,营造全社会尊师重教的浓厚氛围,激励全国广大教师和教育工作者落实立德树人根本任务,积极投身教育强国建设,人力资源和社会保障部、教育部表彰了一批全国教育系统先进集体和先进个人,合肥十中首届海航班班主任、合肥十中海航部现任主任马晓梅被授予"全国模范教师"称号。

(应要求,文中学生均为化名)

后　记

也许，这是一种说不清的缘分。

20多年前，我尚且一脚留在校园内，一脚迈出校门外，就与合肥十中及至合肥教育界有了近距离的接触。当时，我在一家媒体实习，先后前往合肥多所学校采访，其中就包括合肥十中。不久，因为师长的举荐，我得以协助合肥十中一位退休的副校长，为合肥市教育部门编撰一份内部工作通讯。那时，我万万想不到，20多年后，我会因这本书而与合肥十中再续前缘。

世俗生活周而复始，而时间的车轮，实则驶过千山万水。那位和蔼可亲的故人，已经远去数年。每每念起，常感怀人生路上幸有贵人指引，才不至于迷茫或陷于困顿而削弱前行的心力。

春来冬去，我已由青年变成中年。其间，自己屡有接触各类学校和众多教师。大大小小的学校，俨然是一个个场域，与之相关的入学、考试、成才，无不牵动着师者、家长、学生的目光与心神，而教育部门和相关机构，更是投入诸多力量于其中。菁菁校园与万家灯火割不断，与未来大计深度关联。教书育人之事，欲说还休，一旦开口，便说不尽、写不够。

受师长举荐，依照安徽教育出版社的选题计划，我对合肥十中海航班学员进行了探访、观察与记录。毋庸置疑，这些仍属浅层次的接触，但引发的内心波动，令我久久难以平息。奈何个人笔力不逮，未能笼阳光风雨于形内，挫一枝一叶于笔端。

说说那一天吧。2023年2月初的一天上午，我从合肥老城区驱车前往城东，要去的地方便是合肥十中。合肥十中早已东迁至新址，如今因合肥城内高架东延，道路密集如蛛网，通行自然便捷。其时，初春的风仍带着寒意，天空碧蓝如洗。道路两旁，雪松、广玉兰挺拔如常，梧桐树、槐树则默然酝酿着新意。

合肥十中现在的校区比我预想的要大一些。跟随时任合肥十中海航部主任徐亚飞的脚步，我走进了一个座谈会会场，见到了首届海航班班主任马晓梅。现场聆听她与首届海航班毕业生代表的交谈，便有了主观上的预判：这位马老师言而由衷，话语真切感人，应该是一位很有诚意、个性和想法的人。

随后，我与合肥十中几位校领导和老师交谈，他们都不约而同地说道："要写一写马老师的故事，她的故事，就是合肥十中首届海航班故事的缩影。"这增加了我的好奇心。未料到的是，初次联系马晓梅时，她对自己的教学经历和首届海航班学员的情况，却不大愿意提及。她很明确地表示，学生的个人情况以及他们在校三年的学习、生活,有着一定的私密性,也许将曾经的故事与记忆尘封于心里,未尝不是恰切的做法,或者说是对学生的一种保护与尊重。

当然,因为采写计划的安排,我并未放弃与马晓梅的沟通。有一天,在合肥十中海航部办公室,我与她聊到当下的教育,谈到学生的身心健康与个性发展,这似乎触及了她一直思考的问题。她明显有了交流的兴趣,随后,她的话匣子被打开了。这一次,马晓梅讲述了自己从教以来的思考与一直坚持的教育理念,顺便"透露"了她担任首届海航班班主任的一些经历与幕后故事。

2023年底2024年初,得知合肥十中首届海航班学员寒假归来,我便赶着去采访。天寒地冻之际,东南西北跑了一大圈,了解到合肥十中首届海航班近十位毕业生的求学经历。

考入海航班,走进合肥十中,首届海航班的每个学员都有值得书写的故事。在学校,他们是必须讲服从、听指挥的准军人;在家里,他们是越来越成熟的"小大人"。他们与家人的一些生活画面和细节,让人倍感温馨和亲切。程风华家风朴厚,父母待人真诚、厚道;甘承志与爸爸毕业于同一所初中,父子之间说话更像朋友在交流……得知我四处跑动,走进那些学生的家里,马晓梅笑言:"你去了我一直想去却没去

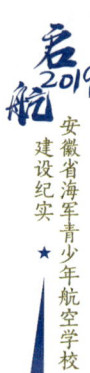

成的一些地方。"

父母眼中的孩子,孩子眼中的马老师,马老师眼中的学生,以及这些学生进入合肥十中首届海航班学习之前的故事,这些都是琐碎的,却都是难得的第一手资料,值得挖掘与拼接。而我,走进他们曾经读书的地方,感受着校园中特有的宁静、清芬,想象着他们读书时的模样,自然而然地,也想到自己求学时的情景,想起曾经教过我的那些老师,以及青葱岁月的同窗。

有一幅画面或者说一个不大为人所留意的细节,让我一再回想与咀嚼其中的意味。几次走入合肥十中校园,走到天行馆,我都要抬头看一看天行馆东侧的玻璃顶。那面宽大的玻璃顶上,有一个由树枝和枯草构成的鸟巢。幼鸟已经长大高飞,余下的空鸟巢与玻璃顶构成了独特的风景。

在与合肥十中师生的交流中,我大致了解了首届海航班组建前后的故事以及办学过程中的艰辛。同时,他们的经历与讲述坚定了我的一种判断:合肥十中首届海航班的故事,不仅有其独特性,更有值得推广的意义,甚至可以说,对于当下的教育和教学,具有一定的示范性、参考性。

由马晓梅总结、提倡并践行的"五育"并举的互交式管理模式,已在合肥十中承建的安徽省海军青少年航空学校生根、开花、结果。古人说:"看似寻常最奇崛,成如容易却艰辛。"如今,人们常说,功成不必在"我",功成必须有"我"。以文化人、以德育人,一切成功均来之不易,教育领域的探索、创新更是不易,厕身其间的他们值得我们鼓掌、喝彩。